Mit Geduld und Spuck

Dr. Volker Himmelseher

MIT GEDULD UND SPUCKE

DIE ANRÜHRENDE GESCHICHTE VOM
MORDFALL KATI MEYER

COLD-CASE-KRIMI

Bibliografische Information der Deutschen Nationalbibliothek
Die Deutsche Nationalbibliothek verzeichnet diese Publikation in der Deutschen Nationalbibliografie; detaillierte bibliografische Daten sind im Internet über http://dnb.dnb.de abrufbar.

Die automatisierte Analyse des Werkes, um daraus Informationen insbesondere über Muster, Trends und Korrelationen gemäß §44b UrhG (»Text und Data Mining«) zu gewinnen, ist untersagt.

© 2024 Volker Himmelseher

Coverdesign, Satz, Herstellung und Verlag:
BoD – Books on Demand, Norderstedt
ISBN 978-3-7583-9236-8

INHALT

Zu diesem Buch	9
Das idyllische Leben im Speckgürtel von Hamburg	13
Das Böse findet den Weg in die Idylle	16
Die Mordkommission Kati wurde ins Leben gerufen und begann mit der Arbeit	36
Erinnerungen an Kati	53
Die Fahndungsbemühungen nähern sich einem entscheidenden Punkt	60
Kati Meyers Grablegung	65
Eine Massen-DNA-Abnahme als Weg zur Enttarnung des Mörders?	75
Ein zweiter Versuch soll zum Mörder hinführen	89
Das Ergebnis des zweiten Massentests brachte Ernüchterung und bedauerliche Erkenntnisse	95
Die »sieben mageren Jahre« begannen	108
»Tempora mutantur et nos mutamur in illis, Die Zeiten ändern sich, und wir ändern uns in ihnen.« (Ovid, Fasti)	112

Der gordische Knoten wird nach großen Anstrengungen endlich zerschlagen	116
Die neue Mordkommission Kati lässt den Mordfall wiederaufleben	124
15. Oktober 2010 Ausstrahlung der Sendung »Cold Cases – Mördern auf der Spur« und deren Folgen	144
Epilog	150
Personenverzeichnis	152
Literaturverzeichnis	154

»Ein Buch ist für mich eine Art Schaufel, mit der ich mich umgrabe.«

(Martin Walser)

ZU DIESEM BUCH

Die Dramatik von Cold-Case-Fällen hat es mittlerweile zwischen den Einband vieler Kriminalromane geschafft. Straftaten, die »kalt« geworden waren, keine Lösungsansätze mehr boten, bei denen alle Ansätze als ausermittelt galten, wurden irgendwann wieder »warm« und schließlich der Aufklärung zugeführt. Der Weg dorthin bietet oftmals viel Spannung.

Gründe für die Wiederaufnahme eines kalt gewordenen Falles sind vielschichtig:

Ermittler, die ins Rentenalter kommen, suchen im Ruhestand noch nach Lösungsansätzen, weil sie ein Tötungsdelikt, das sie nicht aufgeklärt haben, in ihrer Vita wurmt und ständig weiter in ihrem Kopf rumort.

Zeitungskommentatoren, insbesondere lokaler Zeitungen, verfolgen über Jahre journalistisch die Pein der Angehörigen und suchen und finden immer wieder Gründe, der Straftat erneut nachzugehen.

Fernsehsendungen mit Dokumentarcharakter leben von der Aufbereitung solcher Kriminalfälle und verhelfen aufgrund ihrer enormen Zuschauerzahl zu wichtigen Hinweisen.

Angehörige, besonders Eltern der Opfer, initiieren in den Medien und sozialen Netzwerken Bewegungen, die erreichen, dass die Suche nach dem Mörder nicht einfach im Sande verläuft. Ihre unentwegten Bemühungen bringt die für eine Wiederaufnahme notwendigen neuen Hinweise zutage. Aspekte des Falles verändern sich und bekommen eine neue Relevanz, ganz wie bei einem Puzzle, das sich ständig in den Teilen verändert und bis zur Fertigstellung neu zusammenfügt.

Zeugen, die aus Treue zu dem Täter Wissen über die Tat verschwiegen, sorgen für neue Informationen, wenn sich ihr Verhältnis zum vermeintlichen Freund ändert oder sie selbst nicht mehr Gefahr laufen, nach ihrer Aussage wegen unterlassener Hilfeleistung oder Mitwisserschaft belangt zu werden. Die Verjährung ihres Vergehens ist eingetreten, sie gehen bei einer so späten Aussage straffrei aus.

Manchmal werden auch taktische Gründe strapaziert, um die Ermittlungen wieder aufzunehmen. Dies geschieht besonders, wenn die Befürchtung zu Recht besteht, die Straftat könne gerichtlich als Totschlag, nicht aber als Mord, beurteilt werden. Totschlag verjährt, Mord nicht. Dann werden Gründe gesucht, durch Wiedereröffnung des Falles die Verjährung zu hemmen.

Staatsanwaltschaft und Mordermittler wollen die Suche nach dem Mörder nicht aufgeben und grübeln deshalb über neue Lösungsansätze nach. Praktizierte Gerechtigkeit liegt ihnen am Herzen. Die Ergreifung von Mördern ist für sie eine »nie endende Verpflichtung« gegenüber den Hinterbliebenen.

Auch unverhoffte Mithilfen von Angehörigen des Täters können eine Ermittlung wieder in Gang setzen. Zum Beispiel, wenn diesen Menschen eine Wesensveränderung des Täters bewusst wird und sie ein Schweigen darüber nicht mehr mit ihrem Gewissen vereinbaren können. Gleiches geschieht nach dem Tod eines Täters, dessen Bestrafung, die man nicht fördern wollte, dann auszuschließen ist.

Solche Hilfestellungen ereignen sich meist erst nach vielen Jahren. Bis dahin sinkt ansonsten bereits die Wahrscheinlichkeit, Spuren zu finden, die noch einen Beweiswert haben.
    Die Ermittler werden durch solche Entschlüsse vom Zwang großer Eile und aus Dauerstress erlöst. Das ist gut so, denn ihnen wurde zu lange schon »Geduld und Spucke« abverlangt.

Als besondere Hilfe erwies sich eine Innovation in der Kriminaltechnik. Die Möglichkeit einer DNA-Analyse ist ein solcher Glücksfall gewesen.

Mit der neuen Analyseform können genetische Informationen eines Menschen bestimmt werden. Die Informationen sind geeignet, mit Fremdspuren auf einem Opfer abgeglichen zu werden. Stimmen beide Informationen überein, kann man so den Täter überführen.

Auch andere Möglichkeiten erschlossen sich:
In solchen Vergleichstesten können sogar verwandtschaftliche Beziehungen festgestellt werden, die durch weitere, gezielte DNA-Abgleiche bis zum Täter hinführen, der möglicherweise Bruder, Vater oder Onkel ist.

Genauso werden fälschlich verdächtigte Personen durch ein entsprechendes Testergebnis als Täter ausgeschlossen.
Solche zielführenden Ergebnisse sind der Traum eines jeden Ermittlers.
Es brauchte jedoch Zeit, bis die DNA-Analyse eine wirklich scharfe Waffe der Kriminaltechnik wurde. Erst am 17. April 1998 begann das Bundeskriminalamt mit dem Aufbau einer bundesweiten DNA-Datenbank, die überregionale Überprüfungen erst möglich machte.

2022 enthielt die Datenbank immerhin schon ca. 1,2 Millionen Personen- und Spuren-Datensätze.

Es dauerte bis zum 1. November 2005, um für DNA-Reihenuntersuchungen mit Paragraf 81h der Strafprozessordnung eine verbindliche Rechtsgrundlage zu schaffen. Wie viele Jahre dafür ins Land gehen mussten, macht deutlich, dass schon ab 1987 mit der DNA-Analyse gearbeitet wurde, allerdings noch im rechtsfreien Raum.
Die Teilnahme an Tests muss nach der neuen Regelung freiwillig und richterlich angeordnet sein. Man darf nicht automatisch zum Verdächtigen werden, wenn man sich weigert, sich testen zu lassen. Der zu testende Personenkreis muss eindeutig festgelegt werden. Proben ohne relevante Ergebnisse sind unverzüglich zu vernichten.

Für diesen Roman wurde eine große Zahl der in Deutschland eingetretenen Cold Cases untersucht. Deren Unterschiede in der Ermittlung wurden analysiert und verschiedenartige Entscheidungen und ihre Folgen genauso registriert wie Zufallsereignisse, die die Ermittlungen erschweren oder begünstigten.

Aus diesem Konglomerat von Fakten wurde ein neues Ganzes zusammengestellt, was große Realitätsnähe garantiert.

Die Geschichte vom Mord selbst bis zu seiner Aufklärung wurde erfunden, Personen erschaffen, Tatort und die Umgebung wurden fiktiv ausgewählt.

Mit den so geschaffenen Handlungssträngen des Romans ist der Leserschaft spannende Unterhaltung zu wünschen.

Das Zitat »Tot zu sein ist ziemlich leicht. Es reicht zu sagen: Sie sind tot« stammt von dem französischen Schriftsteller und Nobelpreisträger André Gide. Es mag für das Opfer gelten, doch niemals für die nahen Angehörigen, die im Ungewissen sind, ob der geliebte Mensch wirklich tot ist.

DAS IDYLLISCHE LEBEN
IM SPECKGÜRTEL VON HAMBURG

Viele Menschen träumen davon, das Großstadtflair und die Schönheit der Natur nebeneinander genießen zu können. »Die Schwärmerei für die Natur kommt von der Unbewohnbarkeit der Städte«, meinte Bertolt Brecht dazu. Besonders Begüterten gelingt es, diesen Traum wahr werden zu lassen. Sie suchen ihr Zuhause in einer Außenregion der Großstadt, die Lästerer oder Neider gern Speckgürtel nennen. »Der Appetit kommt beim Essen«, und das wird dort zelebriert.

Der Stadtteil Duvenstedt ist so geartet, er liegt im Nordosten Hamburgs an der Grenze zu Schleswig-Holstein und bietet die ländliche Ruhe und Idylle, die viele Großstadtbewohner suchen.

Duvenstedt ist ein Paradies für Naturliebhaber und Eltern mit Kindern. Als eines der Hamburger »Walddörfer« wird der Stadtteil von mehreren Naturschutzgebieten umgeben.
   Der impressionistische Maler Paul Lichtwark brachte hier viele Motive auf die Leinwand.
   Die Zahl der Einwohner nähert sich um die Jahrtausendwende der magischen Ziffer 6000. Diese Zahl hat sich in den letzten 20 Jahren nahezu verdoppelt.
   Der Fluss Alster bildet die natürliche Grenze im Osten.

Im Nordwesten beginnt bereits Schleswig-Holstein und im Süden grenzt das Örtchen Lemsahl-Mellingstedt an.
   Zu den Ortschaften in der Nähe gehören Wohldorf-Ohlstedt, Volksdorf und Bergstedt.
   Selbst die Entfernung zur Universitätsstadt Lüneburg beträgt nur

84 Kilometer. Man benötigt über die A7 und die A39 nur eine Stunde 15 Minuten Fahrzeit.

Die Schulsituation für die etwa 25 Prozent Kinder an der Gesamtbevölkerung ist gut. Duvenstedt hat eine Grundschule, weiterführende Schulen stehen in den Stadtteilen Poppenbüttel und Ohlstedt zur Verfügung. Beide sind mit öffentlichen Verkehrsmitteln gut zu erreichen.

Die vielen Kinder prägen das Stadtbild. Sie sind auf Rädern, Rollern, Rollschuhen, aber auch Mopeds unterwegs und reiten sogar auf Koppeln, die es in der Mitte des Ortsteils noch gibt. Sie lieben, wie alle Kinder, die Eisdiele, die auch in Duvenstedt zu finden ist.

Sportaffine Bewohner haben die besten Möglichkeiten für Indoor- und Outdoor-Sport: In Eichenhof gibt es eine Tennishalle, der Sportverein Duvenstedter SV und der Reiterhof Iden locken mit einem breit gefächerten Sportangebot.

Besonders beliebt ist das Joggen in freier Natur. Man joggt durch den Duvenstedter Brook, das Wittmoor oder an der Alster entlang.

Naturliebhaber kommen ebenfalls auf ihre Kosten: Rehe, Füchse, Hasen und Kaninchen, aber auch Igel und viele Vogelarten, Spechte, Käuzchen und andere Raubvögel lassen sich in den Biotopen beobachten. Kröten tummeln sich in den Gewässern und Fische sieht man im klaren Wasser.

In »Neu-Duvenstedt« hat sich mittlerweile ein interessanter Gebäude-Mix ergeben: Spitzdachhäuser der Fünfzigerjahre, Bungalows der Sechzigerjahre sowie ältere Reetdach-Häuser prägen neben Stadtvillen und Neubausiedlungen das Gesamtbild.

Stolz sind die Bewohner auf den historischen Stadtkern »Alt-Duvenstedt«. Besonders die Alten kennen die Ortsgeschichte:

1261 wurde der Flecken Duvenstedt erstmals erwähnt. Die Bewohner gaben damals ein Zehntel ihres Einkommens an das Hamburger Domkapitel. Nach einer Lesart geht der Ortsname auf den sächsischen Dorfgründer namens Duvo zurück. Nach einer zweiten beinhaltet er das Wort Taube, Niederdeutsch »Duuf« und »Stedt«, früher für Standort. Diese Interpretation findet sich auch für die Benennung anderer Orte: Namen wie Duvenacker, Taubenacker oder Duvensee, Taubensee sowie Duvenwischen, Taubenwiesen zeigen das.

Vom historischen Duvenstedt ist nicht mehr allzu viel erhalten.

Es existieren eine restaurierte Strohdachkate von 1743, eine ehemalige Polizeiwache und die alte Dorfschule. Die beiden letzten Gebäude befinden sich schon lange in Privatbesitz und werden liebevoll gepflegt.

Von den alten Höfen wird nur noch der Idenhof bewirtschaftet.

Interessant, wenngleich nicht sehr alt, sind die einfachen Holzhäuser mit Grasdach, die in den Vierzigerjahren als Unterkünfte für NSDAP-Parteifunktionäre dienten.

Das alte Dorf verschwand also, aber ein lebendiges Dorfleben blieb bis heute bestehen. Dafür sorgen das plattdeutsche Amateurtheater, ein 120 Musiker starkes Blasorchester und besonders die Heimat-Vereinigung Duvenstedt mit ihrem Versammlungsort.

Auch die Evangelisch-Lutherische Kirchengemeinde mit der Cantatekirche nimmt mit ihren Angeboten regen Anteil am Ortsgeschehen.

Der Kakenhahner Weg endet direkt am Naturschutzgebiet Wittmoor. Hier wohnt der Bauunternehmer Paul Meyer mit seiner Frau Roswitha und der 13-jährigen Tochter Katrin, genannt Kati. Er hat sein eigenes Einfamilienhaus wie mehrere in der Straße ebenso, aber auch Gebäude als Doppelhaushälften erstellt, ist dabei wohlhabend geworden und gilt als seriös. Seine ambitionierte Werbeaussage »Meyer macht es richtig!« ist nicht nur ortsbekannt, sondern auch akzeptiert.

Die Bewohner des Kakenhahner Wegs pflegen eine gute Nachbarschaft. Meyers haben besonders engen Kontakt zu der Nachbarsfamilie Bertram. Ludwig und Thea Bertram haben einen Sohn Max von ebenfalls 13 Jahren und einen Hund namens Strolch.

Die Kinder Kati und Max sind befreundet und Kati liebt besonders den Hund über alle Maßen. So oft wie möglich führt sie ihn im nahen Wittmoor Gassi.

DAS BÖSE FINDET DEN WEG IN DIE IDYLLE

Der Kalender zeigte Samstag, den 1. Mai 1999. Am Sonntag würde Muttertag sein. Das sollte ein richtiges Familienfest für Roswitha werden. Sie sollte nicht kochen, sie würden mit Kati essen gehen. Paul Meyer hatte im Restaurant Lenz direkt am Duvenstedter Markt reserviert. Da konnte man sich nicht vertun, das Haus war erste Sahne.

Es war inzwischen 10 Uhr geworden Der grobknochige Bauunternehmer stand im Wohnzimmer seines Einfamilienhauses. Zu Hause fühlte er sich am wohlsten. Er war zurzeit sehr beschäftigt, und eine kurze Pause über das Wochenende würde ihm guttun. Er überließ sich ganz dem Luxus von Wohnzimmergefühlen.

Er sah sich stolz um. Da war die gemütliche Couchgarnitur mit Kissen und Decken, dem wuchtigen Glastisch und dem übergroßen Perserteppich darunter, der über die Hälfte des Parkettbodens ausfüllte. Fernseher, Videorecorder, Stereoanlage, alles war in modernster Ausführung vorhanden. Das Bücherregal ging bis hoch an die Decke und war seiner Frau Roswitha geschuldet. Sie war die Leseratte der drei. Kati kam ihr allerdings immer mehr nach.

Von ihm standen nur einige wenige Bildbände mit Abbildungen innovativer Häuser auf einem Regalbrett. In den Büchern suchte er manchmal Anregungen für seine Kunden. Er hatte in seiner ehrlichen Art ein großes Netzwerk an Freunden und Bekannten aufgebaut, die auch seine Kunden wurden. Er schien den beruflichen Erfolg gepachtet zu haben.

Für die seltenen Momente, in denen er von zu Hause aus arbeitete, hatte er ein besonderes Zimmer mit einem riesigen Schreibtisch, einem Computer, einem Drucker und einem Faxgerät. Dort stand auch das Herzstück ihrer Telefonanlage. Mit solchen Dingen wollte er den Wohnraum nicht verschandeln. Er sah sich weiter um. Die Wände waren mit einer hellen, klassischen Stofftapete beklebt. Auf ihnen hingen mehrere Ölbilder, alle mit Landschaftsmotiven. Erst neulich hatte er von dem Hamburger Maler Paul Lichtwark ein weiteres Gemälde erstanden. Es zeigte die Wittmoor- Landschaft direkt vor ihrer Haustüre. Ein Deckenleuchter aus Kristall, eine Stehlampe mit einem Seidenschirm und kleinen Troddeln sowie mehrere kleine Tischlampen konnten in den Abendstunden für eine angenehme Atmosphäre sorgen. Auf dem Sideboard standen in Silberrahmen viele Familienbilder. Seine Familie war das Wichtigste für ihn. Kati, ihr spät dazugekommenes Wunschkind, war sein Engel. Mit ihren dreizehn Jahren zeigte sich langsam, aber sicher die angeborene Schönheit, die sie von der Mutter geerbt hatte. Roswitha war nicht nur in jungen Jahren attraktiv gewesen, sie war schon seine Jugendliebe, er konnte es also beurteilen, aber sie war auch mit 50 Jahren noch eine schöne Frau.

In diesem Umfeld ließ sich leben, dachte er, als er an die Terrassentür trat, sie öffnete, draußen tief durchatmete und in das nahe Wittmoor schaute. Das ehemalige Hochmoor beeindruckte ihn immer wieder. Er mochte seine bedrückende Stille, das gesamte morbide Landschaftsbild und die stets langsam, aber sicher in die Kleider kriechende Feuchtigkeit. Wenn man genau hinsah, erkannte man im Torf noch viele, nicht ganz verarbeitete Pflanzenreste. Die Flora war einzigartig, kleinwüchsige Bäume, meist Birken, dichtes Buschwerk, niedrige Pflanzen wie Torfmoos, Blaubeeren und Moosbeeren sowie andere Zwergsträucher, Schilf und seidiges Wollgras wechselten sich ab und boten eine einzigartige Vielfalt.

Für die Mittagszeit hatten sie sich auf einen kleinen Salat verständigt. Sie wollten nämlich am Abend zu dritt ein gemütliches Fondue-Essen veranstalten. Roswitha hatte fünf leckere Soßen zubereitet. Das konnte sie wirklich perfekt.
  Paul Meyer freute sich jetzt schon auf den Abend.
  Am frühen Nachmittag wollten sie zu zweit mit etwas Gebäck einen Kaffee zu sich nehmen. Auch auf diesen Moment wartete er mit Freude. Das Sandgebäck seiner Frau war ein Gedicht.

Dann war es so weit. Er drehte sich um und lächelte. Roswitha hatte gerufen, sie hatte den Nachmittagskaffee mit seinen Lieblingskeksen auf dem Couchtisch drapiert und wollte mit ihm den Beginn des Wochenendes zelebrieren. Jetzt fehlte nur noch Kati, um das Glück perfekt zu machen.

Paul Meyer musste nicht lange warten. Kati stürmte mit wehendem Blondhaar in den Raum. Sie war nur auf »Durchreise«, wusste er. Sie würde mit dem Nachbarhund Strolch eine Runde durch das Wittmoor gehen. Der Foxterrier war ihr ausgesuchter Liebling, wobei sie überhaupt sehr tierlieb war. Familie Bertram schätzte diese kleine Dienstleistung, die Kati auch bei Wind und Wetter übernahm. Der leichte Nieselregen in der Luft, der nach der Wetterprognose auch den Muttertag begießen würde, machte ihr nichts aus.

Über diese Spaziergänge, die manchmal bis in die Dämmerung hineingingen, hatte es schwierige Debatten gegeben. Ihre Wohngegend galt zwar als ruhig und sicher, aber nicht nur in Geschichten und Gedichten war das Moor die Bühne von schrecklichen Geschehnissen. Paul Meyer hatte deshalb Angst um seinen Augenstern, wenn der dort so allein herumlief. Er hatte ihr sogar eine kleine Dose Reizgas gekauft, damit sie für den Fall der Fälle eine Waffe mit sich führte. Kati hatte ihm zudem versprochen, nicht herumzutrödeln und auf dem Weg zu bleiben. Sie versuchte immer wieder, ihm die Angst zu nehmen: »Papa, meist spaziere ich mit Strolch oder Max allein und sehe keine Menschenseele. Wenn es doch mal geschieht, werde ich immer freundlich gegrüßt.« Ihr Vater wollte das Thema heute nicht erneut anschneiden und die gute Laune, die den dreien für das Wochenende ins Gesicht geschrieben stand, vertreiben.

Kati gab beiden Elternteilen einen Blitzkuss auf die Wange, dann hüpfte sie fröhlich durch die Terrassentür davon. Sie trug einen wasserdichten, knallroten Anorak gegen den Regen, registrierte Paul Meyer und war über die Umsicht seiner Tochter erfreut. Die Jacke gefiel ihm, er hoffte, sie würde ihr noch lange passen. Bestimmt stand das Kind aber bald wieder vor einem Wachstumsschub.

Roswitha und Paul hatten auf der Couch lange zusammengesessen und geklönt. Die Zeit verging wie im Flug. Plötzlich ertönten draußen zwei laute Knaller. Roswitha Meyer zuckte zusammen. Mit Angstgefühlen im Leib erwartete sie irgendetwas Schlimmes. Doch ihr Mann fand schnell eine beruhigende Erklärung: »Reg dich nicht auf Spatz, das waren nur Lockheed F-104 Starfighter, die die Schallgrenze durchbrachen. Das bedeutet für uns keinerlei Gefahr.« Meyer benutzte mit seinem ausgeprägten technischen Gedächtnis den vollen Namen der Kampfflugzeuge.

Als Reflex schaute er auf seine Uhr und erschrak. Kati war schon fast eine Stunde über der Zeit. Da musste etwas passiert sein. Er kam nicht dazu, seine Bedenken Roswitha mitzuteilen, denn in diesem Moment läutete ihr Telefon. Er eilte hin und hatte Ludwig Bertram an der Strippe.

Der grüßte nicht mal, sondern begann sofort zu reden.

Seine Stimme war unheilgeschwängert und Paul Meyers Atem wurde eiskalt vor Angst:

»Unser Strolch kam gerade alleine zu uns zurück. Er zog seine Leine hinter sich her und wirkte sehr verwirrt, so als hätte ihm jemand etwas Böses angetan. Ist Kati etwa bei euch zu Hause?«

Paul bekam fürs Erste kein Wort heraus, dann flüsterte er in die Sprechmuschel: »Nein, wir haben gerade gemerkt, dass sie längst überfällig ist. Ludwig, mit ihr muss etwas passiert sein. Wir müssen etwas unternehmen.«

Ludwig Bertram reagierte sehr besonnen. »Du sagst es. Wir müssen einen Suchtrupp zusammenstellen, solange es noch hell ist. Ich morse Freunde und Bekannte an, und du wendest dich an Polizei und Feuerwehr. Treffpunkt so bald wie möglich am Beginn des Wanderwegs. Dann sehen wir weiter.«

Paul Meyer war einverstanden und beide Männer begannen mit der Anrufaktion.

Paul Meyer hatte seinen Freund Willi Maurer direkt am Telefon. Der hütete am heiligen Samstag allein die Polizeistation. »Hallo Willi, hier spricht Paul. Ich brauche deine Hilfe. Unsere Kati ist verschwunden und das ist keine Bagatelle. Komm mir also nicht mit dem Spruch, ihr könnt erst nach 24 Stunden nachforschen, wenn nichts Wichtiges vorliegt. Es liegt etwas Wichtiges vor. Der Hund, mit dem Kati im Wittmoor spazieren ging, kam allein, völlig verstört mit flatternder Leine zu Familie Bertram zurück.

Ludwig ruft schon Freunde und Bekannte für eine Suchaktion zusammen. Ich erwarte das Gleiche von dir für Polizei und Feuerwehr. Wir haben uns am Anfang des Wanderwegs verabredet. Ist das klar?«

Willi Maurer versuchte zunächst seinen Freund zu beschwichtigen: »Ihr solltet wirklich nicht davon ausgehen, dass Kati etwas passiert ist. Es kommt immer wieder einmal vor, dass Menschen, gerade jüngere, für kurze Zeit verschwinden. Macht euch also keine Sorgen.«

»Papperlapapp, du kennst doch unsere Kati, die macht nichts Unbedachtes. Tu, um was ich dich gebeten habe.«

Nach einem kurzen Moment betretenen Schweigens hörte Paul endlich die Antwort, die er hören wollte: »Aber klar doch, das scheint mir wirklich ein Problem zu sein, dem wir nachgehen müssen, und wenn, nur vorsorglich. Ich beeile mich mit dem Aufruf. Bitte macht nichts ohne uns.« Willi Maurer legte ohne weitere Worte auf.

Nun wirbelte er am Telefon und schaffte es, dass die Polizisten und Feuerwehrmänner zum selben Zeitpunkt am Treffpunkt eintrafen wie die Freunde und Bekannten, die Ludwig Bertram herbeigerufen hatte. Der Kommissar überschlug die Anzahl an Personen. Er schätzte sie auf etwa 60. Es waren unter den Privatpersonen mehr Männer als Frauen. Viele Frauen waren zu Hause geblieben, um ihre Kinder zu hüten. Die Männer hatten sich alleine auf den Weg gemacht.

Willi Maurer stellte sich vor die Gruppe der Helfer und sprach sie mit lauter Stimme an: »Kommt Leute, legen wir los. Es wird nicht mehr lange hell sein. Wir gehen in breiter Kette den ganzen Spazierweg ab. Das heißt natürlich den Weg selbst und die Natur darum herum. Seht euch nicht nur nach Katrin Meyer um, auch jeder Gegenstand, der ihr zuzuordnen ist, ist wichtig.

Packt nichts an. Wenn ihr etwas findet, ruft einfach einen Kollegen von mir herbei. Ich wünsche, dass sich alle Freunde und Bekannten, die mitsuchen, zwischen meine Beamten platzieren. Dann haben sie immer jemanden zur Seite, den sie um Rat fragen können. Dieses Vorgehen hat sich schon oftmals bewährt.«

Für Paul Meyer war dieses professionelle Vorgehen eines anderen befremdlich, denn eigentlich war er gewohnt, die Führung zu übernehmen. Doch, weil Willi alles in seinen Sinn entschied, blieb er still.

Die Suchaktion lief vergeblich bis tief in die Nacht.

Die Suchenden konnten die eigene Hand nicht mehr vor den Augen sehen. Wie sollten sie da etwas am Boden entdecken? Weitergehen machte keinen Sinn und war auch gefährlich, denn sie konnten, blind wie sie waren, in ein Sumpfloch treten und einsinken.

Kommissar Willi Maurer nahm Paul Meyer in den Arm und machte ihm klar: »Paul, wir können heute nichts mehr machen, es ist einfach zu dunkel. Ich verspreche dir, wir gehen morgen in Herrgottsfrühe bei Sonnenaufgang wieder ans Werk. Ich werde gleich für morgen früh noch einen Hubschrauber anfordern, damit er unsere Suche aus der Luft unterstützt. Alle, die heute mitgesucht haben, vergattere ich gleich wieder für morgen und fordere auch noch einige zusätzliche Beamte an.

Vielleicht kommt Kati ja vorher schon zu euch zurück und hat nur ein wenig getrödelt.«

»Rede keinen Unsinn. Du kennst unsere Tochter, die geht nicht einfach fort und trödelt. Sie ist ein liebes, folgsames Mädchen und würde uns nie angstmachen.«

»Das sehe ich genauso. Aber du solltest nicht mit dem Schlimmsten rechnen. Natürlich ist auch möglich, dass sie entführt wurde. Selbst dann läutet bald das Telefon bei dir.«

»Das wäre schlimm genug. Ich würde jeden Preis der Welt zahlen und alles tun, was der Entführer verlangt. Wir müssen unsere Kati wiederhaben.«

»Tu nichts Unbedachtes. Arbeite auf jeden Fall mit uns zusammen. Das ist der einzig richtige Weg.«

»Lass das mal meine Sorge sein. Ich werde das tun, was der Kerl verlangt.«

Willi Maurer resignierte. »Also dann bis morgen früh, dann sehen wir weiter. Wir werden alles nochmals gemeinsam durchdenken. Ich hoffe, wir werden dann unsere Vorstellungen für das Procedere unter einen Hut bringen. Versuch erst mal zu schlafen.«

»Du hast Vorstellungen. Als wäre mir das möglich.« Paul Meyer stapfte unwirsch davon. Er hakte seine weinende Frau am Arm unter und marschierte Richtung Heimat.

Auf dem Weg nach Hause blieben sie stumm.

Das kleingeschnittene Fonduefleisch blieb in der Tupperware-Dose genau wie die liebevoll zubereiteten Saucen ungegessen im Kühlschrank. Den beiden unglücklichen Menschen war der Appetit vergangen, und schlafen konnten sie auch nicht.

Sie kuschelten sich zusammen auf die Couch und fieberten dem Morgenrot entgegen. Die Telefonanlage war ins Wohnzimmer umgestellt, damit ihnen kein Anruf entging. Roswitha betete leise, Paul litt unter seiner Wut.

Gegen 6 Uhr morgens ertönte über dem Haus von Familie Meyer das Geknatter der Rotoren des Polizeihubschraubers. Paul Meyer sprang vom Sofa hoch, auf dem er mit Roswitha die Nacht verbracht hatte. Sie waren nicht zu Bett gegangen, aber stattdessen zum Schluss auf der Couch vor Erschöpfung eingenickt.

Das ist der Suchhubschrauber, dachte Paul entsetzt. Wir haben verschlafen. Er zupfte Roswitha an ihrem Ärmel, sie schlief immer noch, schreckte nun aber ebenfalls auf.

»Was für ein Mist, wir haben verschlafen. Uns bleibt kaum noch genug Zeit, um pünktlich zum Treffpunkt zu kommen. Das wäre eine große Blamage«, wandte sich Paul an sie.

Sie reagierte sofort: »Da hilft nur eine Katzenwäsche und ein schneller Sprung in Stiefel und Wetterkleidung. Dann schaffen wir das noch.«

Gesagt, getan. Zur Katzenwäsche gehörte ein Schwall kaltes Wasser ins Gesicht, ein Stück Zahnpasta in den Mund und kurz durchgespült.

Ihre Kleidung von gestern hatten sie noch an und zogen nur die Regenjacken über und schlüpften mit den Füßen in die Gummistiefel. Ab ging die Post. Sie rannten Richtung Moor.

Sie sahen schon von Weitem, dass eine große Anzahl Menschen bereits am Treffpunkt versammelt war.

»Wenigstens sind wir noch rechtzeitig«, sagte Roswitha erleichtert. Paul antwortete doppelsinnig: »Aber wir sind die Letzten, die Allerletzten.«

Sie reihten sich in die Schar der Helfer ein und registrierten zufrieden, dass ihre Zahl sich vergrößert hatte, ganz, wie Willi Maurer es gestern Abend versprochen hatte. Es waren Kräfte des Einsatzkommandos hinzugekommen. Auch einige Suchhunde waren zu sehen. Kommissar Maurer hatte sie angefordert, die Hundeführer sollten sie als Leichenspürhunde einsetzen. Das erklärte er natürlich niemandem. Es war geplant, die fünf Hunde abwechselnd auf einem Floß übers Wasser zu ziehen, damit sie die Wasseroberfläche beschnüffeln konnten. Die Hunde waren in der Lage, Verwesungsgeruch im Wasser wahrzunehmen und würden das ihren Hundeführern durch Bellen anzeigen. Sie verbellten allerdings auch den Geruch von Tierkadavern, das hatte Maurer erst vom Chef der Hundeführer vor Ort gelernt.

Man hörte auch den Klang einer Sirene. Die Feuerwehr war also ebenfalls im Anmarsch.

Ihr Freund Willi fand zu Beginn der zweiten Nachsuche deutliche Worte:

»Der anbrechende Tag hat bereits über die Dunkelheit gesiegt. Eine Nachsuche macht also schon Sinn.«

Er mahnte die Helfer eindringlich zur Vorsicht:

»Die Wege sind nass und rutschig, und die Torfschichten können einbrechen. Bleibt auf den Wegen oder auf dem alten Damm der Förderbahn. Schaut mit achtsamem Blick auf den Boden. Man kann hier leicht ins Moor einbrechen. Abseits der Wege ist es noch viel gefährlicher.

Ich wiederhole meine Empfehlung von gestern:

Meldet jede gefundene Spur sofort einem der Beamten. Jeder von den privaten Helfern sollte neben einem der Beamten gehen. Diese Männer können den Wert einer gefundenen Spur sofort richtig einschätzen. Besonders kleine Tümpel und der große See in der Mitte des Moors können auch für Katrin Meyer bei etwas Unachtsamkeit zur Falle geworden sein. Schaut dort besonders aufmerksam hin, das schon aus Selbstschutz. Überprüft bitte auch die Papierkörbe, die sich am Rande der Wege befinden. Täter neigen gern dazu, Verdächtiges darin verschwinden zu lassen.

Es ist feucht, und die Temperatur ist in der Nacht weit abgesunken. Kati dürfte müde, hungrig und ausgekühlt sein, wenn wir auf sie treffen sollten. Es ist eine Notwendigkeit, dass wir sie bald finden.

Ich hoffe immer noch, sie hat sich verirrt oder ist in irgendeine Senke gefallen. Na dann, viel Erfolg!«

Ein schneller Erfolg blieb aus. Der Hubschrauber erwies sich als keine große Hilfe. Zu viel Dunst schwängerte die Luft und behinderte den Blick des Piloten, seines Nebenmanns und des Arztes, den sie für eine Erstehilfemaßnahme dabeihatten. Sie konnten nicht mal die Menschenkette erkennen. Die Suchhunde der Hundeführer schlugen nicht an. Nicht einmal die freiwilligen Helfer hatten die Beamten auf eine gefundene Spur aufmerksam gemacht. Sie hatten keine gefunden.

Erst nach zwei Stunden intensiver, aber vergeblicher Suche trat eine überraschende Wende ein. Der suchenden Menschenkette kam von vorne ein Reiter mit Hund entgegen. Der Hund rannte neben dem Pferd. Es war ein mittelgroßer Mischling. Der Reiter galoppierte trotz der widrigen Bodenverhältnisse erkennbar in großer Eile.

Willi Maurer trat vor die Kette und erwartete ihn neugierig mit in die Hüften gestemmten Armen.

Das Stoppen der Kette machte die Suchhunde nervös. Ihr Verbellen, Heulen und Kläffen schallte über das Moor.

Obwohl sie mit Kleidungsstücken von Kati auf eine vermeintliche Spur gesetzt worden waren, hatten sie noch keine gefunden. Gingen ihre Führer mit ihnen an falschen Stellen, oder war Kati im Wittmoor schon gar nicht mehr selbst gelaufen? Diese Frage wurde nicht einmal aufgeworfen, denn alle erwarteten mit Spannung den Reiter.

Als der nah genug war, musterte Kommissar Maurer den Ankömmling ganz genau. Der war groß, muskulös und hatte Hände wie Baggerschaufeln. Maurer sprach ihn an: »Moin, wir sind hier auf Suche. Was hat Sie denn so früh ins Moor getrieben? Können Sie sich bitte ausweisen.«

Der Mann hielt krampfhaft die Zügel seines Braunen in der Rechten. Sein Mischlingshund saß bei Fuß. Er selbst sah äußerst verstört aus. Doch er riss sich sichtlich zusammen und antwortete, wenngleich fahrig mit kleinen Stockungen: »Ich heiße Dieter Heinemann und komme von der Wittmoor Ranch Norderstedt. Ich war gut gelaunt mit meinem Braunen auf dem morgendlichen Ausritt, als mein Bello etwas verbellte und mich nötigte, ihm ins Gebüsch zu folgen. Dort traf ich dann auf etwas ganz Entsetzliches. Das brachte mich völlig aus dem Häuschen. Ich kann es kaum beschreiben, mir ist noch ganz wirr im Kopf.«

Kommissar Maurer durchfuhr ein kalter Schreck, er konnte nur an die vermisste Kati denken und verband sofort mit ihr das furchtbare Ereignis.

Er schaute sich ängstlich um und sah erleichtert, dass Roswitha und Paul Meyer nicht in der Nähe waren. Sie durften eine mögliche Hiobsbotschaft nicht so en passant erfahren. Außerdem war Anverwandten nicht gestattet, einen Fundort oder gar Tatort zu betreten. Darum hätte es bestimmt eine schlimme Debatte gegeben, wenn die beiden die Neuigkeiten mitbekommen hätten.

Der Kommissar wandte sich wieder Herrn Heinemann zu:

»Sie müssen uns aber Ihren Fund beschreiben. Wir sind nämlich nicht ohne Grund unterwegs, und Ihre Information könnte uns möglicherweise betreffen.«

Maurer hasste sich dafür, wie sehr er um den heißen Brei herumredete. Aber das schien ihm besser, als etwas Falsches zu mutmaßen.

Dieter Heinemann atmete tief ein und aus, dann rang er sich dazu durch, die notwendige Antwort zu geben. Nach dem Entschluss strömte endlich ein Wortschwall aus seinem Mund: »Ich habe mein Pferd an einen Baum gebunden und Bello an die Leine genommen. Der zog mich mit Dauergebell ins Buschwerk. Als er an einer Stelle verharrte und sie laut verbellte, sah ich erst gar nichts. Erst auf den zweiten Blick entdeckte ich unter einer durch Zweige gebildeten Kuppel, wie die einer Kirche, etwas Furchtbares. Unter der Kuppel lag der nackte Leib eines jungen Mädchens, schlimm zugerichtet. Ohne Bello hätte ich den nie entdeckt.

Mehr kann ich Ihnen nicht sagen. Wie sie daliegt, müssen Sie schon selbst anschauen und ertragen.«

Für Kommissar Maurer war die schlimmste Befürchtung nun schon fast zur Gewissheit geworden. Herr Heinemann hatte Kati gefunden, und er musste etwas tun. Er wurde, wie immer in solchen Ausnahmefällen, ganz ruhig, sortierte kurz seine Gedanken, dann traf er in professioneller Art und Weise ein Bündel von Entscheidungen:

»Herr Heinemann, Sie müssen uns zum Fundort der Leiche führen. Übergeben Sie bitte das Pferd an einen meiner Beamten. Bello sollten Sie nur mitnehmen, wenn Sie ihn für das Finden der Leiche benötigen. Sonst bleibt der ebenfalls hier. Wir dürfen nicht unnötig Spuren kontaminieren.«

Heinemann verneinte schnell die Notwendigkeit, den Hund mitzunehmen.

Kommissar Maurer atmete auf und fuhr fort, wobei er sich an einen seiner Leute wandte:

»Vier von euch begleiten mich, möglichst einer darunter mit Sanitäterausbildung.

Du bleibst hier und regelst vor Ort die Angelegenheiten.

Die Spurensicherung muss angefordert werden und die Rechtsmedizin. Die Kripo ist in Kenntnis zu setzen und soll jemanden vorbeischicken. Ich lasse mein Mobiltelefon an, dann kann unser genauer Standort geortet werden.«

Der Beamte nickte und machte sich kurze Notizen, um ja nichts zu vergessen.

Kommissar Maurer fuhr fort:

»Der Sichtungsflug des Hubschraubers kann beendet werden. Wir wollen keine unnötigen Kosten verantworten. Dort oben sieht man sowieso nichts.

Um die vielen Helfer vor Ort müsst ihr euch kümmern. Alle Privaten können die Suche beenden und mit einem warmen Dankeschön nach Hause gehen.

Das Ehepaar Paul und Roswitha Meyer ist besonders anzusprechen, sagt ihm, dass ich zu ihnen komme und alles erkläre, was sich ergibt.

Bis dahin heißt es nur, wir hätten eine Spur aufgenommen, wüssten aber noch nichts Genaues.

Bringt die Meyers bitte nach Hause. Einer bleibt in der Nähe des Hauses. Ich habe Angst, dass die durchdrehen könnten.

So, das müssten alle Aufträge sein.

Wenn mir noch irgendetwas einfällt, melde ich mich per Mobile. Hast du alles verstanden, oder hast du noch Fragen?«

Der Beamte nickte und sagte vernehmlich:

»Mir ist alles klar, Kommissar Maurer. Wenn irgendetwas Wichtiges passiert, werde ich Sie auf dem Laufenden halten.«

Der Kommissar machte sich mit seiner kleinen Eskorte und Herrn

Heinemann auf den Weg zum Fundort. Ihn quälten die ganze Zeit schlimme Gedanken. Trotz zügigen Gehens wollte der Weg nicht enden.

Plötzlich drehte Herr Heinemann nach links ab und schlug sich in die Büsche. Deren Blätter raschelten leise im Wind. Sie wuchsen hier draußen in der natürlichen Landschaft wild und buschig und waren nicht wie in den Gärten mit dem Lineal gezogen. Zwischen manchen Zweigen waren Spinnenweben gespannt, die sie beim Vorbeigehen zerstörten. Maurer sah ärgerlich, dass sie an der Kleidung hängen blieben.

Ein Durchkommen war mühsam. Die Männer folgten Heinemann mürrisch, nur bedacht, ihre Kleidung nicht zu schädigen.

Dann war die gesuchte Stelle erreicht.

Heinemann deutete auf die Öffnung eines Busches.

Das sieht wirklich wie das Gewölbe einer Kirche aus, dachte der Kommissar in Erinnerung dessen Schilderung. Etwas Blasses schimmerte ihnen aus der Öffnung entgegen.

Willi Maurer ging in die Knie, um besser sehen zu können.

Er erstarrte und gab fast stimmlos von sich: »Oh mein Gott, oh mein Gott. So jung, was für eine Verschwendung.« Dann presste er seine Hände auf den Mund. Sein Herz raste wild, und um das Schreckliche nicht mehr zu sehen, schloss er seine Augen. Doch das war keine Lösung. Er öffnete sie wieder und sah Kati nackt und bloß vor sich liegen. Ihre Liegezeit war Gott sei Dank nur kurz gewesen. Der nackte Leichnam war noch nicht von Wildfraß beschädigt.

Katis Fingernägel waren kurz geschnitten, nicht lackiert. Sie war eben fast noch ein Kind gewesen. Ihr Mörder hatte sie furchtbar zugerichtet. Ihre Augenkugeln waren ausgeschnitten worden, und die dadurch entstandenen dunklen Löcher mit blutigen Rändern im Gesicht der Toten verursachten dem Kommissar Brechreiz.

»Wer tut so etwas?«, stöhnte er völlig aufgelöst.

»Diese Bestie muss wirklich den Teil der Seele verloren haben, der sie zum Mensch machte. Ich möchte mit Friedrich Schiller für Kati glauben: »Die Unschuld hat im Himmel einen Freund!«

Die Quetschungen am rechten Oberarm, die sich blau-lila eingefärbt hatte, war eine Bagatelle dagegen. Die blutige Wunde am Hinterkopf, konnte er, so wie Kati abgelegt worden war, vorerst nicht sehen.

Die Beamten der Spurensicherung erschienen als erste am Fundort. Sie kamen aus dem LKA 31, Fachbereich Spurensicherung. Als Abteilung der Kriminaltechnik hatten sie das erste Recht, den Fundort zu vereinnahmen.

Sie rückten in ihren weißen Schutzanzügen an. Diese Kostümierung verhinderte, dass sie selbst Spuren hinterließen. Davon wurde der flapsige Spruch abgeleitet: »Du musst dich bei der Ermittlung überall einbringen, nur nicht am Tatort!« Ohne diese Kleidung konnten sogar Mikrofasern oder sonstige Textilfasern durch elektrostatische Aufladung vom Tatort entfernt werden.

Sie sperrten den Ort mit Plastikbändern weiträumig ab.

Zwei junge Beamte erledigten das fachmännisch.

Der eine ließ das Band über seine zwei zusammengedrückten Zeigefinger laufen. Der andere schnitt die benötigten Meter ab. Beide zusammen brachten sie als deutlich sichtbare Umgrenzung an.

Der Leiter der »Spusi« meldete sich lautstark zu Wort:

»So leid es mir tut, aber die ganze Gegend um den Ablageort muss noch heute am heiligen Sonntag weiträumig nach den fehlenden Kleidungsstücken des Opfers und sonstigen Gegenständen abgesucht werden. Vielleicht findet sich auch die Waffe, mit der die Augen herausgeschält wurden.« Gefunden wurde zwar nichts, aber trotzdem brachte seine Anweisung eine wichtige Erkenntnis: Der zugewachsene Weg, der sie zu Kati geführt hatte, ging in die andere Richtung weiter und endete mit der Einmündung auf eine Landstraße. Dort gab es auch eine kleine Fläche, versteckt hinter den Büschen, auf der man parken konnte. Möglicherweise hatten sie den Weg gefunden, den der Mörder genommen hatte. Reifenspuren oder gar Fußspuren fanden sie allerdings nicht. Der Nieselregen hatte über die ganze Nacht hin angedauert und alle Spuren verwischt.

Für die entfernten Augäpfel hatte der forensische Psychiater Rudolf Keller später eine interessante Erklärung:

Das Entfernen von Augäpfeln besaß, nach seiner Erinnerung, im alten Ägypten eine kultische Bedeutung. Man wollte damit das Entfliehen der Seele durch die Augen aus dem Körper verhindern.

»Wenn das auch das Ansinnen des Mörders war, spricht das für einen besonders großen Hass gegen das Opfer. Es kann natürlich auch gegen die gesamte Gattung der Frauen gerichtet sein. Wir sollten diesen Aspekt im Auge behalten«, fügte er mit seiner Fistelstimme bedeutsam hinzu. Er bewegte dabei seine langen gelben Nikotinfinger hin und her und fror in seinem karierten Jackett, das er fast immer trug, aber in der morgendlichen Kälte keine passende Bekleidung war.

Der Leiter der Spurensicherung fuhr nach einem Rundgang unbeirrt mit seinen Vorgaben fort:

»Es darf nicht nur auf dem Boden gesucht werden, sondern auch in den Büschen und in dem eineinhalb Meter hoch wuchernden Unkraut. Vielleicht hat sich dort irgendetwas verfangen. Etwas weiter vorne gibt es einen Bach, der ist nicht sehr tief, und man kann bis auf den Grund sehen. Auch der muss sorgfältig abgegangen werden. Fordert bitte einen Suchhund an, wenn wir Glück haben, bringt er uns auf eine wichtige Fährte.«

Ein ärgerliches Gebrumme setzte ein. Alle dachten an die versaute Sonntagsruhe. Sie wären noch verdrossener gewesen, hätten sie gewusst, dass sie nichts finden würden, rein gar nichts!

In der »Spusi« hatte der Fotograf das erste Recht, tätig zu werden. Er fotografierte alles weitflächig, aber auch in Nahaufnahme. Die meisten Bilder machte er dort, wo Kati gefunden wurde, von ihrem Gesicht und ihrem restlichen Körper. Er nahm sich aber auch des Umfelds an.

Erst nachdem von der Leiche genug Fotos am Originalfundort geschossen waren, schoben zwei Beamten vorsichtig ein Wachstuch unter den Leichnam und zogen ihn aus dem Buschgewölbe hervor.

Sie veränderten damit den Fundort, aber nur so hatten die Spurensucher und die Fotografen, genau wie die Rechtsmedizinerin, die notwendige Sicht auf das Opfer.

Frau Professor Elvira Rüstig begann sofort mit ihrer Arbeit.

Die attraktive Frau Anfang 50 mit eisgrauen Haaren war sportlich, modisch gekleidet, aber auch der Witterung entsprechend.

»Dass das arme Ding tot ist, steht zweifelsfrei fest. Damit ist ihr Tod festgestellt«, sagte sie kaltschnäuzig.

»Anhand der Male am Hals der Toten diagnostiziere ich Tod durch Erwürgen oder Erdrosseln, also Mord.

Die blutigen Schleimspuren an Nase und Mund bestätigen meine Diagnose.«

Schließlich ging sie über eine Diagnose hinaus:
»Ich tendiere zu Erwürgen, empfehle aber, solche Einzelheiten zu verschweigen. Sie sind Täterwissen und sollten nur noch unser Wissen werden.« Sie dozierte munter weiter, wie sie es gerne tat: »Das kann für die Überführung des Mörders einmal wichtig sein. Wir wollen auch keine Nachahmer, deshalb sind Einzelheiten ebenfalls zurückzuhalten. Der Fall wird breit durch die Medien gehen, und wenn darin alle Erkenntnisse ausgebreitet werden, haben wir es hinterher leicht mit Trittbrettfahrern zu tun, die sich als vermeintliche Mörder wichtigmachen wollen oder selbst zu Mördern werden.«

Sie beendete ihren Sermon mit Einschränkungen: »Alles, was ich jetzt vermute, steht unter dem Vorbehalt der Erkenntnisse, die ich habe, wenn die Arme auf der Schlachtplatte war.«

Sie nannte den Obduktionstisch despektierlich »Schlachtplatte«.

In den Ohren des Kommissars klang das schräg.

Ihre Stimme war während dieser Ausführungen für eine Frau ziemlich tief und wirkte sexy und ein bisschen verrucht.

»Ich werde den Leichnam von Kopf bis Fuß durcharbeiten, Stück für Stück«, ergänzte sie stolz.

Den Todeszeitpunkt wollte sie hier draußen bei den Witterungsverhältnissen nicht bestimmen. Er würde zu ungenau ausfallen. Sie nahm stattdessen Messungen der Außentemperatur und der Körpertemperatur vor.

In Kenntnis der Temperaturentwicklung nach Wetteraufzeichnungen in der Nacht wollte sie im Institut den Zeitpunkt mit einer bekannten Formel genauer einschätzen. Die Professorin hatte bei so etwas einen eigenen Kopf.

»Eine Fötal-Lage mit den Händen um den Unterleib geschlungen ist typisch für vergewaltigte Frauen, die zu Tode kamen«, dozierte sie weiter.

»Diese Lage kann aber künstlich herbeigeführt worden sein. Die Leiche ist nämlich von einem anderen Ort hierhin bewegt worden. Der Fundort ist nicht der Tatort.«

Die Medizinerin hatte vorher den Körper für einen Moment vom Rücken auf den Bauch gedreht und etwas Bedeutsames festgestellt: Auf dem Bauch befanden sich Spuren anderer Erde, auf der die Tote gelegen haben musste. Solche Erde war hier im Moorgelände gar nicht zu finden.

Wir lassen natürlich noch die Herkunft der Anhaftungen aus Erde überprüfen. Das dauert aber seine Zeit.

»Ist das überhaupt möglich?«, wollte Kommissar Maurer wissen.

»Es ist zwar schwierig, aber möglich. Es gibt mehrere Methoden dafür. Wir haben Aufzeichnungen von Erden verschiedener Regionen, die in der Zusammensetzung von Anteilen an Fossilien und Mikroorganismen variieren.

Die chemische Zusammensetzung und die Isotopenverhältnisse von Elementen können durch eine Analyse ebenfalls zu bestimmten Gegenden führen. Franz Beckenbauer hätte gesagt: ›Schau'n mer mal.‹ Wir sollten optimistisch bleiben.«

Ohne Punkt und Komma fuhr sie fort: »Das Wichtigste auf der Rückseite des Mädchens dürfte Ihnen allen nicht entgangen sein.« Sie zeigte auf eine blutige Wunde am Hinterkopf. »Dort scheint der Mörder sein Opfer mit einem unverhofften Schlag ruhiggestellt zu haben.«

Nun kam sie auf Katis Rücken zu sprechen: »Der Rücken weist Schürfspuren auf, auf ihm wurde das Opfer wohl an die Fundstelle geschleift. Denn auf dem Rücken kleben Teile des örtlichen Buschwerks. Dort haftet auch ein Fremdhaar in brauner Farbe an. Ich sehe auch Berührungsspuren.«

Die beweglichen Befunde ließ sie eintüten und beide Seiten des Körpers nochmals in der Totale und als Nahaufnahme fotografieren.

Frau Professorin Rustig entwickelte für den Tatverlauf eine erste Theorie:

»Wahrscheinlich hat der Mörder an einem anderen Ort gemordet, an dem die Tote eher gefunden worden wäre. Vielleicht hat er deshalb das arme Ding während der Dunkelheit in dieses buschige Versteck verbracht.«

Spermaspuren fanden sich nicht.

»Der Mörder könnte ein Kondom benutzt haben«, erklärte sie dazu. »Genaueres nach der Obduktion, denn ich tendiere zur Annahme eines Mordes einschließlich eines Sexualdelikts.«

Die Spuren für ihre Laborarbeit waren nun in besonderen Tüten gesichert. Die 1988 erstmals in Deutschland eingesetzte DNA-Analyse wurde zum Hoffnungsträger auch für die Lösung des Mordfalls Kati. Man hatte auf der nackten Leiche ein Fremdhaar und weitere Anhaftungsspuren gefunden, die dem Mörder zugeordnet werden konnten.

Die Professorin überprüfte die sachgemäße Versorgung der Proben.
Die DNA-Analyse war nach ihrer festen Überzeugung mittlerweile für die Kriminaltechnik eine sehr scharfe Waffe geworden. Sie sollte deshalb zügig zum Einsatz kommen. Mindestens das Fremdhaar auf der Leiche bot die Möglichkeit einer fremden DNA-Ermittlung an.
Einige Stellen des Körpers waren zudem vorsichtig abgeklebt worden, zum Beispiel die Verwundungen am rechten Oberarm und am Hinterkopf sowie vermutete Berührungsspuren bei der Vergewaltigung. Von ihr ging die Medizinerin immer noch aus. Wenn überhaupt, war sie von hinten verübt worden. Auch nicht deutlich erkennbare Spuren waren durch Abkleben gesichert worden.
Bei der Sicherung und Dokumentation der Proben hatte Frau Professorin Rüstig Kommissar Maurer an ihrer Seite.
Die gefüllten Beweismitteltüten wurden später in einem Pappkarton mit dem Kraftfahrzeug ins Labor gebracht.
Als Letzter erschien Kriminalhauptkommissar (KHK) Felix Müller LKA 24, Fachkommissariat Spezialeinheiten am Fundort.

Müller hatte sich für die Begehung angemessen angezogen: Cord-Jeans, Rollkragenpullover und Steppjacke. Als er so vor der nackten Kati stand, musste er ebenfalls gegen aufsteigende Übelkeit ankämpfen. Das war ein besonders abstoßender Anblick, der sich ihm bot. Dieses Mädchen musste lange, heftige Schmerzen ertragen haben.
Besonders schrecklich sahen die leeren Augenhöhlen aus. So einen Anblick

wünschte sich niemand. Hoffentlich hat das Mädchen davon nichts mehr gespürt, dachte er für sich. Dabei achtete er trotzdem auf Erkenntnisse, auf alles, was für die Ermittlung wichtig war. Ihm kam auch schon ein erster Gedanke. Aber er behielt ihn zunächst für sich. Stattdessen führte er ein Telefonat mit dem zuständigen Staatsanwalt Max Reuter. Er sah den Brillenträger mit dem schütteren Haar dabei vor seinem inneren Auge und musste leicht grinsen.

Reuter war klug, vorausschauend, allerdings auch nachtragend. Vorsicht war also geboten.

Der Staatsanwalt brauchte nur einige erklärende Worte von KHK-Müller, um unverzüglich eine klinisch-forensische Untersuchung durch einen Gerichtsmediziner bzw. eine Medizinerin zu verlangen. Außerdem forderte er den KHK auf, die Einsetzung einer Mordkommission zu organisieren. »Mordkommission Kati fände ich zutreffend«, fügte er an. Die Aufgaben waren fürs Erste verteilt. Da Kati so schnell gefunden worden war, kam sie nicht als Fahndungsperson ins Worldwide Network. Ab jetzt ging es nur noch um die Fahndung nach dem mutmaßlichen Mörder.

Willi Maurer war umsichtig genug, noch eine weitere wichtige Sache unter eigener Regie zu erledigen. Er ließ von Dieter Heinemann Fingerabdrücke und eine Speichelprobe nehmen. »Sollten am Fundort Spuren von Ihnen gefunden werden, müssen wir Sie als vermeintlichen Täter ausschließen können«, erklärte er ihm dazu. Mit gleichem Argument erreichte er Heinemanns Zustimmung, mit dem Hund von Bertrams konfrontiert zu werden. Er wollte dessen Reaktion auf den Reiter beobachten. Würde Strolch bösartig oder drohend reagieren, könnte das bedeutsam werden. Heinemann konnte etwas mit dem Verbrechen zu tun haben und Strolch reagierte deshalb feindlich, weil er dabei gewesen war.

Dieter Heinemann ging mit seinem Pferd am Zügel ohne Arg mit zum Haus der Familie Bertram.

Strolch tollte im Vorgarten herum, und Maurer konnte sogleich die Probe aufs Exempel statuieren.

Der Hund interessierte sich nur für das Pferd. Dieter Heinemann begrüßte er sogar mit Schwanzwedeln. Der Kommissar konnte sich erleichtert mit

Dank für dessen viele Hilfestellungen vom Reiter verabschieden. Der hatte mit dem Mord keinesfalls etwas zu tun.

Willi Maurer dachte nun mit Bauchgrimm an die Aufgabe, seine Freunde Paul und Roswitha Meyer über den schrecklichen Tod ihrer Tochter zu informieren. Er nutzte den kurzen Weg zu ihnen, um die richtigen Worte zu finden.

Dabei wusste er genau, dass sie später in der Aufregung anders fallen würden. Aber er musste sich irgendwie beschäftigen.

Paul Meyer machte ihm auf sein Klingeln hin die Türe auf. Willi sah besorgt, dass Paul kurz davor war, zu explodieren. Der war voll Adrenalin. Es war Vorsicht geboten im Umgang mit ihm.

Sie gingen stumm Richtung Wohnzimmer, es schien, als wollte Paul gar nichts von ihm hören. Angst war ihm ins Gesicht geschrieben.
Roswitha Meyer saß auf der Couch und sah völlig verängstigt zu ihnen hin. Sie fand für Willi Maurer nur ein Wort: »Und?«
Der atmete einmal tief durch und begann zu sprechen.
Es gelang ihm dabei, sanft und sachlich zu bleiben.
Als den beiden der ganze Umfang der Tragik klar geworden war, brachen sie zusammen. Roswitha konnte nicht aufhören zu weinen, und Paul schlug sich mit den Händen auf die Oberschenkel und sagte kanonartig: »Warum wir? Warum unser Augenstern? Warum haben wir so unglaublich viel Pech?«
Seine Augen blieben völlig trocken, aber sein Gesichtsausdruck und innerlich auch sein Herz versteinerten.
Roswitha Meyer gewann ein wenig ihre gewohnte Stärke zurück und versuchte, ihren Gatten zu trösten: »Paul, es gibt kein Glück, nur Glücksmomente, und die haben wir mit Kati gehabt.« Doch dann brach sie wieder in Weinen aus. Ihre Worte verfehlten jedoch nicht die Wirkung auf ihren Mann.
Er nahm sie gerührt in den Arm und flüsterte: »Für die ganze Welt magst du nur irgendwer sein. Für mich aber bist du die ganze Welt, mein Schatz.«
Das Unglück schweißte die beiden in ihrer Trauer zusammen.

Ihr Freund Willi wollte sie nicht kommentarlos verlassen: »Der Kerl kommt mir vor wie ein leeres Gefäß, das mit seiner Tat einen Inhalt sucht.« Sein unbeholfener Erklärungsversuch blieb im Raum stehen.

Nun war nicht mehr viel zu sagen, und Willi Maurer versuchte den Absprung. Er fand dazu die richtigen Worte:

»Ich verspreche euch als Freund und als Polizist, unsere Leute und ich werden alles tun, um den Mörder zu finden. Ihr sollt Gewissheit und Gerechtigkeit erfahren, wenn wir euch Kati schon nicht wiederbringen konnten.«

Roswitha drückte er, wie zur Bestätigung, kurz an sich.

Als er wieder an der frischen Luft war, atmete er auf.

Solche Polizeiarbeit hasste er. Doch ab jetzt galt es, sich auf die Spur zu setzen.

Das Wochenende ging in Duvenstedt grau und mit leichtem Sprühregen zu Ende, genau wie es begonnen hatte.

In den Haushalten herrschte Angst und Entsetzen. Willi Maurer versuchte sich, mit der Lektüre eines Buches abzulenken. Aber er konnte sich nicht auf den Text konzentrieren. Immer wieder ertappte er sich, wie er die Seiten umblätterte, einen Satz las und bemerkte, dass er von den Sätzen davor nichts behalten hatte. Er war zu aufgewühlt von Katis Ermordung.

DIE MORDKOMMISSION KATI WURDE INS LEBEN GERUFEN UND BEGANN MIT DER ARBEIT

Da es sich bei dem Mord an Kati um ein Kapitalverbrechen handelte, war die Kriminalpolizei aufgerufen, eine Mordkommission als Organisationseinheit einzurichten.

Eine Mordkommission bestand mindestens aus einem Leiter, einem Aktenführer, einem Tatort-Team und mehreren Ermittlern. Deren Aufgaben waren die Fallanalyse, Sach- und Tatort-Beweiserhebungen sowie Personalaufgaben.

Inzwischen hatte der Kriminaldauerdienst (KDD) im Fall Kati ein Fremdverschulden bejaht. Spätestens damit war der Grund für die Einrichtung der Kommission gegeben. Die ihr zu übertragenen Aufgaben waren vielfältig: Sie fungierte als Bindeglied zwischen Verdächtigen, Zeugen, dem Ermittler-Team, dem Staatsanwalt und den zuständigen Gerichten.

Die polizeilichen Ermittlungen im Fall leitete sie.

Sie veranlasste weitere Spurensicherungen, führte Vernehmungen durch und hielt Kontakt zu anderen relevanten Behörden. Dazu gehörte die nationale und grenzüberschreitende Suche nach Parallelfällen. Letztendlich hatte sie zum Ziel, den Tathergang, auch mithilfe eines Profilers, zu rekonstruieren, mit ihm ein Motiv zu ermitteln, den Täter zu identifizieren und möglichst festzunehmen.

Die Aussetzung einer Belohnung für zielführende Hinweise aus der Bevölkerung lag ebenfalls in ihrem Verantwortungsbereich.

Die Kommissionsmitglieder traten bei ihren Tätigkeiten in Zivilkleidung auf. Das Wort »Kriminal« stand immer vor ihrem Dienstrang.

Für komplexe Aufgaben war es erlaubt, externe Spezialisten hinzuzuziehen.

Dazu gehörten Gerichtspsychiater, Profiler und Wissenschaftler, besonders solche der Forensik.

Der Wunschkandidat für die Leitung der Kommission war Kriminalhauptkommissar (KHK) Holger Mittag.

Doch bei ihm wurde gerade jetzt bei einer Vorsorgeuntersuchung Darmkrebs im mittleren Stadium festgestellt, und er fiel aus.

Es war Glück im Unglück für die kriminalistische Arbeit, dass er erst gar nicht die Organisation der Kommission einrichtete und später ein anderer die Verantwortung und die Folgen aus seinen Entscheidungen tragen musste.

Im engen Schulterschluss mit der Staatsanwaltschaft, im Besonderen mit Staatsanwalt Max Reuter, wurde daraufhin Kriminalhauptkommissar Felix Müller ihr Leiter.

Max Reuter blieb für die Strafverfolgung und möglicherweise später für die Anklageerhebung zuständig.

Wurde die Leiche eines jungen Mädchens oder gar eines Kindes gefunden, wurden alle, die für das Mordkommission-Team infrage kamen, gefragt, ob sie sich die Ermittlung zutrauten. Besonders junge, unerfahrene Kollegen lehnten dann manchmal ab. Selbst bei Kollegen, die sagten: »Wir schaffen das«, war es nicht ausgeschlossen, dass eine besondere Belastung für sie zum Grund wurde, aus der Kommission auszuscheiden. Solche Probleme machten sich schließlich erst während der Tätigkeit bemerkbar.

Nach dieser Befragung wurden die restlichen Posten wie folgt besetzt:

Kriminalkommissar (KK) Ernst Felten wurde Müllers Stellvertreter.

KK Dustin Kordt wurde als besonders erfahrener Kriminalpolizist als Ermittler ausgewählt.

Sein Ermittlungsteam konnte er nach Bedarf zusammensetzen.

Kriminalhauptmeister (KHM) Ludwig Härting übernahm die Zuständigkeit für die innere Verwaltung. Er war für einen Lieblingsausspruch bekannt, er hielt es mit Tucholsky:

»Die Basis einer gesunden Ordnung ist ein großer Papierkorb.«

Der noch junge Kriminalobermeister (KOM) Fritz Schuster agierte als Springer.

Für eine Mitwirkung als externe Spezialisten gewann KHK Müller:
Professorin Dr. Elvira Rüstig, Ärztin des Instituts für Rechtsmedizin im Universitätskrankenhaus Eppendorf, sie war eine Frau mit eigenem Kopf.

Rudolf, Keller, Gerichtspsychiater und den Profiler und Fallanalytiker Justus Lustig. Er hatte in den Vereinigten Staaten von Amerika eine Ausbildung zum Profiler absolviert und in Deutschland eine Spezialausbildung genossen. Er galt in der Hansestadt als der Beste.

Die Mordkommission bekam den Namen »Mordkommission Kati«.

KHK Müller hatte sich angewöhnt, bei Besprechungen mit einem Whiteboard zu arbeiten. KHM Ludwig Härting hatte die Protokollierung zu übernehmen. Vollgeschriebene Seiten blieben als Erinnerungsposten bestehen, sie wurden einfach umgeklappt. Dann wurde die nächste Seite verwendet.

Bei der ersten Sitzung machte Felix Müller klar, wie er sich das Prozedere künftig vorstellte:

»Ich werde zunächst bemüht sein, nützliche Informationen aus der Bevölkerung zu gewinnen. Vielleicht hat ja irgendjemand irgendetwas Relevantes gesehen. Dann hätten wir einen Zeugen und vielleicht danach auch bald einen Beschuldigten.

Ich bitte um Redebeiträge, wie wir vorgehen sollten.«

KK Dustin Kordt meldete sich als Erster zu Wort:

»Für den Kontakt zu örtlichen Medien sowie auch zu nationalen und übernationalen gibt es eingefahrene Wege. Aber, was wir von Ihnen für uns als Hilfestellung wollen, sollten die aus einer von uns gefertigten Presseerklärung entnehmen.

Da darf nur drinstehen, was wir preisgeben wollen. Täterwissen sollte auf jeden Fall allein unser Wissen bleiben. Darin sind wir uns sicher einig.«

KHK Müller übernahm wieder die Regie: »Ja, das passt. Übernehmen Sie zusammen mit KOM Fritz Schuster die Fertigung eines Textes. Schicken Sie ihn mir per Mail zu, ich redigiere ihn und gebe ihn frei. Meine Antwort kommt ebenfalls per Mail an Sie. Sie geben dann den Text noch am Nachmittag in unsere Kanäle. Unsere Meldung muss morgen in den Frühausgaben erscheinen. Ist das klar?«

KK Dustin Kordt antwortete mit einem Grinsen: »Ja doch, Sie sind der Boss!«

Felix Müller erklärte sein nächstes Anliegen: »Ich möchte mit der Aussetzung einer Belohnung für zielführende Hinweise die Bereitschaft, Informationen zu geben, forcieren. Ich denke dabei zunächst an 10.000 Euro. Können Sie diesen Umstand in die Erklärung bitte aufnehmen?«, wandte er sich an Dustin Kordt und Fritz Schuster. Diesmal antwortete Schuster mit einem lauten »null Problemo«. »Wir fertigen Ihnen auch noch alternativ einen eigenen Text«, ergänzte Kordt.

KHK Müller ärgerte sich insgeheim, dass er etwas anzusprechen vergessen hatte. Er musste es zähneknirschend nachholen. »Ich muss gleich noch bei Familie Meyer vorbeifahren, um für unsere Aussendungen ein Foto von Kati zu erbitten.«

Der erfahrene Ermittler KK Kordt überraschte ihn mit einer sinnvollen Warnung: »Oftmals geben Angehörige ein Bild heraus, welches erkennbar geschönt ist. Ein Fremder wird das Opfer aber nur erkennen, wenn sein Foto dem normalen Aussehen entspricht. Ist ein geschöntes Foto erst mal im Umlauf, werden wir erfahrungsgemäß nicht verhindern können, dass es auch bei der nächsten Berichterstattung wieder zum Einsatz kommt. Wir würden mit einem solchen Bild vergeblich suchen. Erbitten Sie von den Eltern also ein ganz natürliches Bild und machen sich bitte, im wahrsten Sinne des Wortes, ein Bild davon, dass dem so ist.«

KHK Müller brachte nur ein trockenes »danke« heraus, obwohl der Ratschlag nützlich war. Aber er ließ sich ungern vor allen anderen belehren. Sein Ärger wurde der Beginn einer richtigen Hassliebe.

»Sie haben meinen Gedankengang gestört, Herr Kordt.

Ich werde auch noch von der Mutter eine Beschreibung von Katis Bekleidung am Tag ihres Verschwindens erbitten.

Ich setze darauf, dass eine Mutter die am besten liefern kann. Eventuelle Zeugen werden sie kaum nackt gesehen haben, wie wir sie auffanden. So, jetzt bin ich am Ende. Morgen sollen nach Frau Professorin Rüstig die wichtigsten gerichtsmedizinischen Erkenntnisse vorliegen. Dann werden wir uns damit beschäftigen. Sollte allerdings irgendetwas Wichtigeres eintreten, so müssen wir flexibel genug sein, unsere Prioritäten zu ändern. Vielen Dank für heute.«

Als Erstes lag Müller der Text für den Aufruf mit Belohnung vor. Ein Bild von Kati, das sich dafür eignete und auch für die Presseerklärung gut war, hatten ihm die Meyers anstandslos zur Verfügung gestellt. Kati trug darauf sogar den Anorak, die Cordhose und die Gummistiefel, welche sie bei ihrem letzten Spaziergang anhatte.

Trotz der Freundschaft zu Willi Maurer zeigte sich das Paar erleichtert, weil sich nun die Kripo des Mordes an ihrer Tochter annahm. Es konnte in ihren Augen nicht schaden, dass die Ermittler nun in der oberen Liga spielten.

Roswitha Meyer hatte KHK Müller, ohne zu zögern, die Bekleidung der Tochter, die sie beim »Abschied für immer« trug, im Detail zusätzlich beschrieben.

Kati hatte einen wasserdichten, knallroten Anorak mit Kapuze an, darunter eine dunkelrote Cord-Jeans, die in ebenfalls dunkelroten Gummistiefeln steckte.

Müller war mit den Eheleuten übereingekommen, mit ihrer Hilfe zu versuchen, die Kleidungsstücke vom Foto nochmals zu besorgen. Auf gesonderten Aufnahmen konnten die einzelnen Stücke besser erkannt werden, sollten sie in fremde Hände kommen.

Der Text für das Plakat war korrekt und eingängig:

»Mord – 10.000 Euro Belohnung!

Am Samstag, den 11. Mai 1999 kurz nach 16 Uhr verschwand die 13-jährige Katrin Meyer aus Duvenstedt spurlos. Sie wollte mit dem Nachbarshund, einem Foxterrier namens Strolch, einen Spaziergang durch die Landschaft des Wittmoors unternehmen.

Am Morgen des Sonntags, 12. Mai 1999, wurde sie dort in einem Gebüsch versteckt ermordet aufgefunden. Der Fundort war nicht der Tatort.

Einzelheiten zur Person:
148 Zentimeter groß und schlank
schulterlanges, glattes, blondes Haar
Kleidung zum Zeitpunkt des Verschwindens:
wasserdichter, knallroter Anorak mit Kapuze,
darunter eine dunkelrote Cord-Jeans und dunkelrote Gummistiefel Größe 36.

Die Kriminalpolizei bittet um Mithilfe:
Wer hat Kati zwischen Samstagnachmittag und Sonntagmorgen gesehen?
Wer kann zum Verbleib ihrer Kleidung Angaben machen?
Wer hat in diesem Zeitraum im weiteren Umkreis von Duvenstedt verdächtige Personen oder Fahrzeuge beobachtet?
Für Hinweise, die zur Aufklärung der Tat führen, ist eine Belohnung von 10.000 Euro ausgesetzt. Diese Belohnung gilt nicht für Personen, die qua Berufspflicht zur Aufklärungshilfe verpflichtet sind. Der Rechtsweg ist ausgeschlossen.
Hinweise werden in begründeten Fällen vertraulich behandelt.
Melden Sie sich an jeder Polizeidienststelle. Ihre Aussage wird zügig und richtig weitergeleitet. Die Mordkommission schaltet in den nächsten Tagen ein Hinweistelefon frei.
Die Rufnummer wird über die Medien bekannt gegeben.«

Der Schriftzug des Textes war so gesetzt, dass das Bild von Kati auf der rechten Seite mittig eingepasst werden konnte. Die Mordkommission schaltete schon am nächsten Tag ein Hinweistelefon frei. Hinweise konnten nun zusätzlich über ein auf der Webseite integriertes Hinweisformular entgegengenommen werden.

Für KHK Müller war der Text perfekt. Er gab ihn ohne Beanstandung frei. Polizisten und Freiwillige begannen schon zwei Tage später damit, Duvenstedt und Umgebung zu plakatieren. Des Weiteren wurden Exemplare davon an Redaktionen zur Veröffentlichung versandt.

Das große Hoffen begann, dass sich Zeugen mit Informationen zur Tat oder gar zum Täter melden würden.

Als Nächstes erhielt der Kriminalhauptkommissar den Entwurf der Presseerklärung, die beiden Verfasser zeigten erneut eine glückliche Hand:

»Ein Mörder hat Angst und Trauer in unser beschauliches Duvenstedt gebracht.

Die 13-jährige Katrin Meyer wurde am 11. Mai des Nachmittags entführt. Sie hatte sich von ihren Eltern verabschiedet, um mit dem Nachbarhund Strolch, einem Foxterrier, im nahen Wittmoor Gassi zu gehen. Das tat sie öfter. Da es an diesem Tag leicht nieselte, waren die Nachbarn über diese Hilfe recht froh. Als Strolch am späten Nachmittag alleine und ziemlich verstört zurückkam, gingen bei seinen Herrchen und bei Katrins Eltern die Alarmglocken an.

Katrin musste etwas passiert sein. Die Eltern arrangierten mit Polizeikräften, Freunden und Bekannten eine Suche im Moor. Die musste mit Anbruch der Dunkelheit erfolglos abgebrochen werden, konnte aber am frühen Morgen des nächsten Tags sogleich wieder aufgenommen werden, und das noch verstärkt durch weitere Kräfte, Suchhunde sowie einen Hubschrauber, der die ganzen 400 Hektar des Naturreservats überflog.

Der Hubschrauber wurde keine große Hilfe, die Sicht nach unten war schlecht, tieffliegender Dunst stellte eine große Behinderung dar.

Die Menschenkette hatte bereits den Großteil der Strecke bewältigt, als ein ihr entgegenkommender Reiter, der Hobbyreiter Dieter Heinemann, aufgelöst auf sie zuritt. Seine Züge waren starr vor Schreck. Kommissar Maurer kannte diesen Ausdruck. Er sah in das Gesicht eines Menschen, der etwas erlebt hatte, das jenseits normaler menschlicher Erfahrungen lag. Der Mann hatte eine weibliche Leiche im Buschwerk entdeckt, sie war völlig entblößt.

Die Kriminalpolizei wurde sofort herbeigerufen, die Spurensicherung auf den Weg gebracht und eine Gerichtsmedizinerin vom Universitätskrankenhaus Eppendorf hinzugezogen.

Willi Maurer, der Leiter der Polizeistation Duvenstedt, identifizierte das tote Mädchen als Katrin Meyer. Die Bestürzung war allseits groß. Ein totes Kind am Muttertag und die Mutter befand sich im Suchtrupp nach ihr!

Die zwei wichtigsten Diagnosen der Ärztin waren:

Katrin war einem Mörder zum Opfer gefallen.

Zum Zweiten war der Fundort nicht der Tatort. Am Vorderleib der Getöteten fanden sich nämlich Erdanhaftungen, die es im Moor gar nicht gab. Katrin musste in einer anderen Gegend ermordet worden sein. Auf dem Rücken hingegen fanden sich nicht nur Schürfspuren, sondern auch Erd- und Blattrückstände aus der Gegend des Fundortes.

Die detaillierten Untersuchungen laufen noch. Richtig gesagt, sie stehen noch am Anfang. Trotzdem hat die Kriminalpolizei schon zwei Fragen an die Bevölkerung:

Hat irgendjemand Katrin in Begleitung gesehen, entweder im Wittmoor oder an einem anderen Ort, der vielleicht zum Tatort wurde?

Sind verdächtige Personen oder auch Fahrzeuge irgendwo in Erscheinung getreten?

Ein Anruf bei jeder Polizeidienststelle wird intern zur Mordkommission Kati weitergeleitet.

Melden Sie sich, wenn für Sie irgendetwas auffällig war.

Wir appellieren an Ihren Bürgersinn!«

Mit Frau Veronika Schlüter, der Chefredakteurin der örtlichen Zeitung Duvenstedt, war ausgemacht worden, dass sie diese Erklärung mit eigenen Worten zu einem Artikel umsetzen würde. Er sollte dann am nächsten Tag erscheinen.

Daneben ging er über die Agentur auch an andere Blätter zur Weiterveröffentlichung.

Nun hieß es für die Mordkommission: Einfach warten!

Professorin Elvira Rüstig hielt ihr Versprechen, am nächsten Tag bereits Ergebnisse vorzulegen. Die DNA-Analyse des Fremdhaares war allerdings noch nicht abgeschlossen. Sie musste nachgereicht werden.

KHK Müller legte wieder das Vorgehen der Kommission für den Tag fest:

»Die Feststellungen der Professorin werden von uns nacheinander erörtert. Erst wenn ein Punkt besprochen ist, gehen wir zum nächsten über.«

Für die Tötungsart hatte sich die Medizinerin festgelegt. Zunächst nutzte sie den Begriff »Gewalt gegen den Hals«, den spezifizierte sie, bezogen auf den Fall Kati, als Mord durch Erwürgen.

KK Dustin Kordt wiederholte daraufhin seine schon abstrakt ausgesprochene Empfehlung zum Sprachgebrauch. »Wir sollten bei der Begrifflichkeit ›Gewalt gegen den Hals‹ bleiben. Nur der Täter und wir sollten wissen, dass es sich um einen Mord durch Erwürgen und nicht durch Erdrosseln handelt. KHK Müller verdrehte die Augen, trug aber ohne Kommentar die Feststellungen der Professorin weiter vor:

»Die Untersuchung hat ergeben, dass Kati vergewaltigt wurde. Kati war bis dahin unberührt. Wir haben es also wirklich mit einem Sexualdelikt und anschließender Tötung zu tun, so war meine Annahme schon bei der ersten Fundortbegehung.

Nun liegt dafür die Bestätigung durch die Rechtsmedizin vor. Spermaspuren fanden sich nicht. Der Täter könnte ein Kondom getragen haben. Das wurde nicht gefunden, denn, wenn überhaupt, wird er es am Tatort entsorgt haben. Und den kennen wir noch nicht.

Besonders verwerflich ist, dass der Täter das arme Kind von hinten schändete. Nur an ihrem Hals und auf dem Rücken fanden sich seine Berührungsspuren. Die hatte die Spurensicherung abgeklebt und so standen sie ebenfalls zur Feststellung der DNA zur Verfügung.

Es ist stark anzunehmen, dass Kati zum Zeitpunkt der Vergewaltigung entweder schon tot oder zumindestens ruhiggestellt war. Es wurden nämlich keine Abwehrspuren von ihr entdeckt, wohl aber eine blutige Wunde am Hinterkopf.

Falls sie schon tot war, stellt sich die Frage: Ist das Verhalten des Täters darauf zurückzuführen, dass er Angst hat, eine lebende Frau zu berühren? Oder ist die Tat, auf solche Weise, ein besonderes Zeichen für seinen Hass gegen Frauen im Allgemeinen?«

Für einen Moment trat eine gespenstische Ruhe ein. Das Gehörte hatte alle betroffen gemacht. KHK Müller respektierte die Ruhe durch eine Pause, bevor er fortfuhr:

»Nun ist also völlig sicher, dass der Fundort nicht der Tatort war. Die Erdanhaftungen am Vorderleib von Kati stammen eindeutig nicht aus dem Moor. Ich habe dazu noch eine sehr wichtige zusätzliche Nachricht zu den untersuchten Erdproben in petto:

Die analysierte Erdprobe enthielt pro Gramm mehrere 1000 Arten von Mikroorganismen, Bakterien, Pilzen, Algen und Einzellern. Die damit gegebene Bodenstruktur war der Garant für große Fruchtbarkeit. Zum Vorkommen an Spurenfossilien, also Lebensspuren, die aus der Tätigkeit von Lebewesen entstanden, hat ein Paläontologe folgende wichtige Aussage gemacht:
‚Die vorgefundenen Lebensspuren finden sich überwiegend in Sedimentgesteinen.'
Die Suche nach einem Gebiet im Raum Hamburg, welches Sedimentgesteine aufweist, lenkte den Blick auf die Harburger Berge. Dort gibt es gehäuft solches Gestein, das ansonsten im Hamburger Raum eher selten vorkommt.
Die Harburger Berge entstanden aus Sandstein und Tonstein.
Die Strecke zwischen Duvenstedt und den Harburger Bergen wurde uns bereits mitgeliefert, sie beträgt in etwa 38,5 Kilometer. Damit handelt es sich um eine Strecke, die für unsere Überlegungen realistisch ist. Die Harburger Berge sind wie das Wittmoor ein beliebtes Wander- und Laufgebiet. Nord-Wulmstorf liegt an ihrem Nordwestrand, Buchholz bereits in der Nordheide. Beide Ortschaften haben über 20.000 Einwohner. In diesem Raum könnte der Mörder getötet haben und auch von dort herkommen.«

KK Dustin Kordt müpfte erneut auf: »Wenn der Täter dort herkommt, wie konnte er dann das sichere Versteck am Ablageort kennen?«

KHK Müller antwortete genervt: »Weiß Gott, legen Sie bitte nicht jede Mutmaßung auf die Goldwaage. Zumindest sind beide Gebiete Wandergebiete. Vielleicht wandert der Mörder gerne und sucht dabei seine Opfer. Vielleicht hat er aber auch in Duvenstedt seinen Arbeitsplatz.«

Von Unverbesserlichen wie Kordt infrage gestellt zu werden, ist für mich ein großes Lob, dachte er vergrätzt.

Der junge Kollege Schuster sorgte durch einen freundlichen Beitrag für Entspannung:
»Das ist eine tolle Feststellung, die kann uns weiterbringen.« Seine Freude stand ihm ins Gesicht geschrieben. KHK Müller trieb Schusters engagiertes

Verhalten ein Lächeln ins Gesicht. Er machte aus seiner Zufriedenheit keinen Hehl, mit ihm einen geeigneten Mitarbeiter ausgewählt zu haben.

»Was könnte diese Annahme über unseren Täter aussagen?«, fragte er nun in den Raum.

Das gab Gerichtspsychiater Rudolf Keller endlich seinen Auftritt. Es war so weit! Rudolf Keller war nervös. Er zündete sich zur Beruhigung eine Zigarette an und postierte sich neben dem Whiteboard:

»Die Anhaftungen zeugen davon, dass der Mord draußen stattgefunden hat, draußen in der Natur. Aber dort war kein sicherer Ablageort. Den hatte der Täter aber im Auge.

Das verdeutlicht die ›Buschkathedrale‹, in der er das Mädchen letztendlich versteckt hat, eindeutig versteckt.

Er beabsichtigte aus Selbstschutz, eine Suche nach einem Mörder gar nicht erst aufkommen zu lassen. Kati sollte für immer verschwinden und die Frage nach einem Mord unbeantwortet bleiben. Das ist ihm Gott sei Dank nicht gelungen.«

KHK Müller bedankte sich bei dem Psychiater und kam zum Ende der Kommissionssitzung:

»Lieber Herr Keller, das war eine interessante Analyse zum Schluss. Die werden wir im Auge behalten. Morgen erwarte ich die Ergebnisse der Analyse und vielleicht schon die ein oder andere Reaktion auf unsere Veröffentlichungen. Dann sehen wir weiter.

Familie Meyer hat die Kleidungsstücke, die Kati trug, nochmals kaufen können. Sie werden heute noch fotografiert, dann starten wir eine Suchaktion und versuchen zu klären, ob sie noch irgendwo vorhanden sind. Vielleicht hat sie der Mörder sogar verscherbelt. Die Professorin hat, dies als Letztes, gestern den Leichnam von Kati zur Bestattung freigegeben.

Solange wir ihren armen Eltern nicht mit einem Fahndungsergebnis Erleichterung bringen können, werden sie durch die Bestattung hoffentlich zumindest von den Albträumen erlöst, in denen sie ihre Tochter fortwährend auf dem Obduktionstisch sehen. Frohes Schaffen weiterhin.«

Der nächste Tag brachte hinsichtlich der Aufrufe sowohl Licht als auch Schattenseiten. Es gab zwei Meldungen auf sie hin. KHK Müller sprach sie beide an:

»Ein Rentner, der als Naturliebhaber das Wittmoor bestens kannte, hat uns angerufen und darauf aufmerksam gemacht, dass an vielen Stellen im Gelände Überwachungskameras installiert sind, um Flora und Fauna zu beobachten. In der Hoffnung, dass die Filme in ihnen nicht längst wieder gelöscht und neu benutzt wurden, haben wir mit der Verwaltung des Moors Kontakt aufgenommen. Es gab eine wenig schöne Antwort. Die Aufzeichnungen werden nach 24 Stunden automatisch gelöscht und vorher nur stichprobenweise angeschaut. Für zusätzliche Überprüfung stehen keine ehrenamtlichen Kräfte mehr zur Verfügung, und angestellte kann man sich gar nicht leisten. Die Hoffnung stirbt zuletzt, aber in diesem Fall starb sie.«

Ein leises »schade« waberte durch den Raum. Müller konnte es einzelnen Personen nicht zuordnen, so ging er auf die nächste Zeugenaussage über:

»Eine Duvenstedterin aus der weiteren Umgebung wollte ebenfalls am Samstagnachmittag in Wittmoor spazieren gehen. Kurz vor dem Eingang glaubte sie Kati mit einem jungen Mann gesehen zu haben. Die beiden haben sich, nach ihren Worten, gestritten. Wir hatten uns inzwischen von allen bekannten Personen aus Katis Umfeld Fotos besorgt. Von einem Jugendlichen war nur eins dabei, und zwar von Max Bertram. Wir haben der alten Dame das Foto gezeigt, und sie hat den Jungen wiedererkannt. Jetzt haben wir also den ersten Verdächtigen. Ich möchte da aber eher vorsichtig rangehen. Mir ist die Angelegenheit nicht ganz geheuer. Ich werde heute Nachmittag den jungen Mann befragen, bei ihm zu Hause, ich möchte nicht die Eltern gegen uns aufbringen, wenn ich Max zu uns einbestelle. Wir haben sowieso schon den ersten Gegenwind. Ein Mann hat mit verzerrter Stimme, bestimmt mithilfe eines Computerprogramms entstellt, bei uns angerufen und unsere bisherige Fahndung als unprofessionell beschimpft. Man ermittele nicht in die richtige Richtung.

Es sei nachweislich ein Serientäter unterwegs, aber wir seien zu blind, um darauf einen Gedanken zu verschwenden.«

Ein Raunen ging durch den Raum.

Wieder war es KK Kordt, der eine Lippe riskierte:

»Konnten wir den Kerl wenigstens orten?«

KHK Müller konnte nur mit äußerster Anstrengung verbindlich bleiben, denn er hatte die Information dazu schon auf der Zunge gehabt. »Jeder

Zwerg kann sich so ins Licht setzen, dass er den Schatten eines Riesen wirft, wenn er nur renitent genug ist«, dachte er ein weiteres Mal verärgert. Lächeln anstatt zu toben, einfach nur lächeln, dann bleibe ich der Stärkere, dachte er für sich. Und er lächelte und behielt recht.

Ganz ruhig erklärte er in diesem Sinn: »Er hat aus einer öffentlichen Telefonzelle angerufen. Wie wir hoffentlich alle wissen«, das war eine kleine Spitze gegen Kordt, »wird aus einer solchen Zelle mit jedem Gespräch eine Kennung gesendet. Wir haben nun also Kenntnis darüber, von wo er telefoniert hat, wissen aber nicht, wer er ist.

KK Kordt, ich möchte Sie trotzdem bitten, in Erfahrung zu bringen, ob wirklich im erweiterten Umfeld, bis über die Grenze hinaus, vergleichbare Morde zu verzeichnen sind.

Wir müssen schließlich allen behaupteten Spuren nachgehen. Aber jedes Verbrechen hat eine Signatur. Fälle, die Sie dabei vorfinden, müssten die Signatur des Falles Kati aufweisen. Andersgeartete Fälle können wir vernachlässigen.«

Der Kommissionsleiter freute sich diebisch, dass er dem aufmüpfigen Kordt diese Strafarbeit aufs Auge drücken konnte.

Wieder war es der junge Schuster, der Müller mit einem naiven Zwischenruf versöhnte: »Das mit der Kennung gab es schon in den Fünfzigerjahren. Das weiß ich aus den Stahlnetz-Filmen. Die Ortung dauerte in den Filmen gefühlt zwischen zwei und zehn Minuten.«

Der ein oder andere Anwesende konnte sich einen kleinen Lacher nicht verkneifen.

Wie Müller vorhergesehen hatte, erwies sich die Behauptung des anonymen Anrufers als falsch.

Eine kurz zuvor im Raum Hamburg aufgefundene Frauenleiche war die einer reiferen Frau. Auch das Vorgehen des Mörders war dem des Mörders von Kati nicht annähernd ähnlich. Dieses Opfer wurde erschlagen, die Leiche teilweise verbrannt und in einem Erdaushub in der Nähe eines Randkanals abgelegt. Die Vorwürfe des anonymen Anrufers waren damit nicht belegt.

KHK Müller initiierte trotzdem noch eine ausgedehntere Kampagne zusammen mit Interpol, an der sich vorrangig die nördlichen Anrainerländer beteiligten. Das Ziel war es, dort auf ähnliche Mordfälle zu stoßen, die auf einen über die Grenzen hinaus mordenden Täter hindeuteten. Es wurde nach jungen Frauen gesucht, die mit Gewalt gegen den Hals ermordet und missbraucht worden waren. Die Mordtaten mussten in einem Zeitfenster stattgefunden haben, die denselben Mörder möglich machten. Man einigte sich deshalb auf die Untersuchung von Mordfällen vergleichbarer Art in den letzten zehn Jahren. Diese Periode schien plausibel, denn wenn es sich um einen Serienmörder handeln sollte, wurde der erfahrungsgemäß in kürzeren Intervallen, meist immer kürzeren, wieder zum Täter. Aber auch diese Initiative blieb erfolglos.

»So, damit bin *ich* mit meinem Programm durch, aber KK Felten hat uns noch etwas zu unseren Aufrufen zu sagen, Ernst, bitte!« Felten kannte er schon lange, und sie duzten sich.

Der große, leicht übergewichtige Beamte brachte sich in Position. Einige befürchteten, dass nun ein Wasserfall an Worten losgetreten war. Ernst Felten war dafür bekannt, dass er gern und viel redete. Doch irgendwie hielt ihn das ernste Thema in der Spur. Er blieb sehr sachlich und kurz angebunden:

»Ich kann berichten, dass unsere Lokalzeitung die erwünschte Meldung in der Morgenausgabe gebracht hat.«

Er hielt zum Beweis eine Zeitung hoch.

»Die Redaktion hat sich verabredungsgemäß eng an unsere Vorgaben gehalten. Die Zeitungen, die über Agentur bedient wurden, taten das Gleiche.

Nur unser nationales Pistolenblatt bildete sich ein, seinem Namen entsprechend, aus dem Rahmen fallen zu dürfen und hat völlig überzogen gegen die Kripo gewettert. Ich hasse diese Scharfmacherei.«

Er wartete mit einer Balkenschlagzeile auf:

»Unsere Kripo agiert blind wie ein Maulwurf. Darum wurde der Mörder von Kati immer noch nicht überführt!«

Felten zitierte auch noch die ersten Zeilen des Textes:

»Wenn man heutzutage vor die Tür geht, schwebt man direkt in Lebensgefahr. Was macht unsere Polizei dagegen? Gar nichts!«

Dann beschrieb er, wie es weiter gegangen war:

»Ich las den Text zu Ende und war über dessen Aufmachung maßlos empört. Spontan griff ich zum Hörer, wählte die Nummer der Zeitung und verlangte den verantwortlichen Redakteur zu sprechen. Als ich mit ihm verbunden war, bollerte ich wütend, ganz ohne Umschweife, los.

Ohne das konnte ich es einfach nicht bewenden lassen.

Von dem Disput machte ich einen Mitschnitt, kurz und knapp, ihr könnt jetzt reinhören.«

Er drückte auf die Taste seines Aufnahmegerätes, und der Mitschnitt begann:

»Warum nehmen Sie sich der Sache Kati so reißerisch an?«

»Der Kati umgebracht hat, hat sogar verdient, dafür zu sterben. Das ist meine Meinung, und damit halte ich nicht hinter dem Busch.«

»Hinter dem Busch ist Täterwissen.«

»Das ist ein guter Spruch. Den finden Sie in meinem nächsten Artikel wieder.«

»Ich werde Ihr Pistolenblatt trotzdem nicht kaufen.«

»Das Wort ›Pistolenblatt‹ werfen mir selbst meine Freunde an den Kopf. Das bin ich gewohnt.«

»Ich werfe Ihnen gar nichts an den Kopf. Höchstens bildlich gesprochen, aber ich sage mit meiner Wertung die Wahrheit.

Nehmen Sie sich mal ein Beispiel an der Redakteurin unserer örtlichen Zeitung. Sie bemüht sich mit uns im Gleichklang, Katis Mord zu hinterfragen. Jeden neuen Nachrichtenstand greift sie auf, tut das aber seriös, mitfühlend und mit echten Fragen.«

»Auch ich würde lieber hier vor Ihnen stehen, und der Mord wäre aufgeklärt.«

Dazu erklärte Felten: »Nach diesem dummen Spruch war ich so angefressen, dass ich einfach aufgelegt habe.«

»Chapeau, Herr Kollege. Der Schmierfink hat nichts anderes verdient. Leider werde ich aber das Gefühl nicht los, dir ist dieses Gespräch mehr an die Nieren gegangen als dem Schreiberling. Vielleicht versuchst du es das nächste Mal doch mit ein wenig mehr Contenance. Ich meine sogar, dass ein solches Wortgefecht zu einer noch aggressiveren Berichterstattung führen wird.«

Er sollte damit Recht behalten. Der nächste Artikel brachte eine Halbwahrheit in die Öffentlichkeit:

Die Ermittlungsarbeiten im Fall Kati stünden auch anderen Ortes in der Kritik. Selbst die Eltern von Kati seien der Meinung, die Polizei tue zu wenig.
Der Gedankenaustausch ging munter weiter:
»Du hast recht, Felix, ich habe aber wenigstens künftige Verhaltensregeln daraus gewonnen.
Alle Berichte zum Fall Kati gehen ab jetzt über meinen Tisch. Wir müssen Texte kennen, die die Bevölkerung gegen uns aufwiegeln. Vielleicht entdeckt man bei der Durchsicht sogar ein Leck im eigenen Haus, das unsere Informationspolitik konterkariert. Sowas ist alles schon vorgekommen. Lasst mich zum Schluss noch etwas Angenehmeres erzählen.
Felten atmete kurz durch und legte los:
»Ich bin durch Zufall auf einen Hilfeaufruf in den sozialen Netzwerken gestoßen. Meine Recherche ergab, dass er von Katis Mitschülern stammte. Er war gar nicht schlecht gemacht. Diese jungen Computerfuzzis sind durchaus zu einigem in der Lage. Der Aufruf, sich als Zeuge zu melden oder auch wichtige Feststellungen anzugeben, traf genau den Kern. Besonders jüngere Menschen werden davon bestimmt mehr angesprochen als von unseren Plakaten. Sorry für die Manöverkritik. Ich bin kein Nestbeschmutzer. Meine Anmerkungen sind konstruktiv gemeint. Damit bin ich am Ende.«

KHK Müller ließ den Bericht so im Raum stehen. Ihm lief die Zeit davon, er musste in einer Viertelstunde im Haus der Bertrams sein. Er beendete die Sitzung mit dem Dank für die gute Mitarbeit und kündigte für den nächsten Tag an, einmal gemeinsam darüber nachdenken zu wollen, ob man nicht bei dem vorliegenden Kenntnisstand an eine irgendwie geartete Massen-DNA-Abnahme herangehen sollte.

Die Haustür von Bertrams wurde höchstens eine Sekunde nach seinem Läuten geöffnet. Es kam Müller so vor, als habe Ludwig Bertram direkt hinter der Tür auf ihn gewartet. Bertram schien dieser Eindruck ebenfalls gekommen zu sein. Er schaute etwas verschämt zur Seite. Dann bat er den Hauptkriminalkommissar herein.

Im Wohnzimmer saßen bereits seine Frau Thea und der Sohn Max in der Sitzgarnitur und warteten nervös darauf, was nun geschehen würde.

Müller ging direkt in medias res: »Max, ich muss dich in einer wichtigen Sache befragen. Eine Frau hat uns gesagt, sie habe dich kurz vor Katis Spaziergang im Wittmoor zusammen mit Strolch gesehen. Und ihr hättet euch gestritten. Was kannst du mir dazu erzählen?«

Felix Müller schaute Max bei dieser Frage aufmerksam an und wartete auf ein Zeichen des Erschreckens oder gar der Angst. Doch der junge Mann blieb völlig ruhig und antwortete höflich: »Ja das stimmt. Ich habe sie dort zufällig getroffen. Ich war auf dem Weg zu meinem Fußballtraining. Sonst wäre ich mit ihr gegangen. Ich habe mir schon viele Vorwürfe gemacht, dass ich sie nicht schützen konnte.«

»Und warum habt ihr gestritten?«

»Gestritten ist zu viel gesagt. Ich habe versucht, Kati zu überreden, mit Strolch mit zum Training zu gehen, anstatt ins Moor. Sie ist aber stur geblieben. Strolch brauche seinen Auslauf, sagte sie mehrfach. Das hat mich sauer gemacht, und das muss dann diese Dame gesehen haben. Ich erinnere mich jetzt sogar, dass etwas weiter entfernt eine Frau zugegen war. Ich habe mir dabei gar nichts gedacht.«

KHK Müller war erleichtert. Das Verhör war damit zu Ende, es hatte Antworten gebracht und keine Fragen offen gelassen. Max Bertram hatte ein absolut abgesichertes Alibi.

Sein Trainer und zehn Mitspieler waren seine Zeugen.

Davon konnte sich Müller telefonisch überzeugen. Max hatte ihm freiwillig die Mobiltelefonnummer des Trainers angeboten. Der Junge hat ihm dann auch noch Einzelheiten vom Training geschildert und stolz berichtet, dass er erfolgreich zwei Elfmeter verwandelt habe. Der erste aufgekommene Verdacht war also nicht berechtigt gewesen. Müller war froh darüber, auch dass er entschieden hatte, das Verhör bei Bertrams zu Hause durchzuführen. Er hatte den Eltern und Max eine unnötige Erniedrigung erspart.

ERINNERUNGEN AN KATI

Kati war noch nicht unter der Erde, da begann man »in memoriam« von ihr und über sie zu sprechen.

Die Auswahl von Menschen mit großer Redelust war gewaltig.

Besonders die Lokalredaktion kümmerte sich um deren Erinnerungen an Kati. Viele davon konnten für die Fahndung nach dem Täter von Wert sein und durften nicht vergessen werden. Die Aufzeichnungen von Veronika Schlüter wurden immer zahlreicher:

Katis Mutter gehörte dazu, sie wurde allerdings auch von vielen befragt:

»Unsere Kati war ein gutes Mädchen. Sie war fröhlich, tüchtig, ehrlich und voller Tatendrang. Sie hegte den Wunsch nach einem glücklichen Leben, und das hatte sie wirklich verdient. Unsere Beziehung war innig und vertraut.

Ich beurteile das nicht durch die rosarote Brille. Es war wirklich so.

Kati hatte schon ein Berufsziel nach dem Grundschulabschluss. Sie wollte Tierpflegerin werden und allen Kreaturen unbedingt helfen. Darum war der Nachbarhund Strolch auch ihr Liebling. Sie ging so gerne mit ihm durchs Moor.

Wer kann einem solchen Engelchen so viel Pein und Leid antun? Das muss ein Monster sein. Wer kann nach einer solchen Tat nach Hause fahren und einfach schlafen gehen? Mich quält die Frage, warum? Kati war für uns mehr als die Luft, die wir zum Atmen brauchen.

Ich möchte dem Mörder in die Augen gucken und diese Fragen stellen.«

Die Vorstellung, wie grausam ihre Tochter vergewaltigt worden war, trieb ihr die Tränen in die Augen. Sie rannen bald als kleine Bäche ihre Wangen hinab. Ihr weißes Spitzentaschentuch kam zum Einsatz. Sie brachte ihre Gefühle trotzdem weiter zum Ausdruck, war dabei allerdings nur halbwegs gefasst:

»Der blicklose, verzerrte Gesichtsausdruck, mit dem ich sie zuletzt nackt und geschändet liegen sah, verfolgt mich täglich bis in den Schlaf.

Ich suche trotzdem keine Bestrafung für ihren Mörder, obwohl die gerecht wäre. Ich suche nur eine Antwort auf das Warum.

Warum Kati, warum gerade wir?

Wann kommt endlich ein Hinweis, der zur Ermittlung des Täters führt?

Ich weiß noch genau: Gegen 16 Uhr habe ich Kati zum letzten Mal lebend gesehen. Nun stehe ich jeden Tag zu dieser Uhrzeit auf der Terrasse und schaue in die Richtung, in der ich sie habe weggehen sehen.«

Sie wies auf ein Foto von Kati in einem Silberrahmen auf dem Sideboard. Ihre Tochter war darauf mit dem Nachbarhund zu sehen.

»Ich wollte es schon mehrfach wegräumen, schließlich bot Katis Spaziergang mit dem Hund dem Mörder seine unselige Chance. Ich konnte es aber nicht tun, Kati hat diesen Hund so sehr geliebt.«

In der Aufregung wiederholte sie sich in einigen Punkten: »Unsere Tochter wurde geliebt. Besonders mein Mann hatte ein inniges Verhältnis zu ihr. Ihr großer Traum war, einmal Tierpflegerin zu werden. Deshalb ging sie auch so gerne mit dem Nachbarhund spazieren.

Kati war ein richtiges Goldkind, lebenslustig und liebevoll. Sie hatte eine wunderbare, behütete Kindheit.

Ich will unbedingt wissen, was und warum das mit ihr passiert ist.«

Roswitha Meyer nannte ihre Tochter Katrin die ganze Zeit zärtlich nur Kati, so wie es fast alle taten. »Wenn der Schmerz doch schmelzen könnte, wie der Schnee. Er tut es aber nicht. Er bleibt starr, wie eingefroren«, meinte sie pathetisch. Sie hatte gerade ein Booklet zur Trauerbewältigung zu lesen begonnen.

Ihr Ehemann Paul war lange nicht so gesprächig wie seine Frau Roswitha.

Er war eher grüblerisch gestimmt, auf jeden Fall verbittert. Seine Antwort auf die Frage nach Kati war kurz und abweisend:

»Meine Frau hat bereits alles gesagt«, presste er zwischen den Zähnen hervor. »Dem ist kaum noch etwas hinzuzufügen. Es stimmt, ich habe meine Tochter unendlich geliebt. Ich zeige nicht den Großmut meiner Frau. Umgekehrt wird auch ein Schuh daraus. Ich suche nicht nur die Antwort auf das Warum, sondern auch Vergeltung. Für sie werde ich alle meine Kraft einsetzen.«

Paul Meyer gab dann doch noch besondere Gefühle von sich preis:
»Ich war schon immer ein Truck-Stop-Fan.
Ein wichtiges Lied von ihnen war für mich: »Vater und Sohn.« Den Text »Ich bin dein Vater und du bist mein Sohn« habe ich für mich auf Vater und Tochter umgemünzt:

»Ich bin dein Vater und du bist meine Tochter Und ich bin stolz auf dich. Du bist mein Fleisch und Blut. Und du bist ein Teil von mir. Ich bin dein Vater und du bist meine Tochter. Und ich bin immer für dich da. Du kannst dich auf mich verlassen. Und ich werde dich nie im Stich lassen.«

Sein Gesicht war von Sorgen durchfurcht. Er wurde wieder förmlich. Förmlichkeit war ein guter Selbstschutz für ihn.
Thea Bertram nahm das Wort für die Familie Bertram.
Deren Erinnerung war von Schuldgefühlen getränkt, denn Kati würde noch leben, hätte sie nicht ihren Hund ausgeführt.
»Kati war liebenswert und hilfsbereit, ganz so wie man sich ein Kind wünscht. Für unseren Max wurde sie die Beste, um ihn ganz entspannt an das Thema Frau heranzuführen. Schließlich waren beide in der Pubertät. Ich glaube Max war sogar in sie verknallt.
Wir haben uns immer eine Tochter gewünscht. Doch es sollte nicht sein. So hatte Max keine Möglichkeit, zu Hause eine junge Frau so kennenzulernen wie Kati.
Eine Geschichte wird mir ewig in Erinnerung bleiben:
Kati hatte Max zum Angeln im Moor begleitet. Er fing einen stattlichen Weißfisch und wollte ihn ihr stolz schenken.
Als er ihre erschrockenen Augen sah, hat er gefragt: ›Möchtest du, dass ich ihn vom Haken lasse?‹
Kati musste nichts sagen, es reichte ihr bitterer Blick.
Max warf den Fisch ins Wasser zurück und schenkte ihm das Leben. Diese kleine Geschichte kennzeichnet die Qualitäten von Kati perfekt. Ich habe über ihren Tod geweint, wie eine Mutter. Wir werden Kati niemals vergessen.«
Thea Bertram bekam einen Migräneanfall. Es half nicht mal dagegen, dass sie sich in den Nasenrücken kniff.

Sonja Grünberg war die beste Freundin aus Katis Schulzeit. Diese Freundschaft wurde von beiden Eltern gefördert, denn sie war nach einhelliger Meinung für die Mädchen gut.

Sonja vermisste Kati nun und erinnerte sich nur an Schönes. »Wir unterstützten uns beim Lernen und bügelten des anderen Schwächen aus. Wir steigerten gegenseitig unsere Lernlust. Aber wir hatten auch eine Menge Spaß miteinander. Unsere Eltern billigten ab und zu, dass wir zusammen in einem unserer Häuser übernachteten. Diese Nächte werde ich nie vergessen. Wir haben kleine, aber auch große Geheimnisse ausgetauscht. Auch unsere geheimen Wünsche lernten wir kennen. Oft teilten wir sie sogar. Während unsere männlichen Klassenkameraden ihre Freundschaft wie Old Shatterhand und Winnetou durch Blutsbrüderschaft besiegelten, taten wir dies durch Schwüre in unseren Poesiealben. »Versprochen ist versprochen und wird nicht gebrochen«, wurde unser Satz. Eine Zukunft ohneeinander wollten wir uns gar nicht vorstellen. Wir versprachen uns gegenseitig, irgendwann einmal der anderen Trauzeugin zu werden. Wir planten also weit in die Zukunft hinein. Dass daraus nun nichts werden kann, macht mich traurig.«

Wolfgang Hamacher, evangelisch-lutherischer Pfarrer der Cantate-Kirche, hatte Katis kurzes Leben von Anfang an begleitet und kein gemeinsames Erleben vergessen. Er berichtete darüber äußerst pietätvoll. Beim Akt der heiligen Taufe sah er sie als kleines rosiges Bündel das erste Mal. »Sie hatte eine lustige Knollennase. Schon damals zeigte sich an ihr, wie Familie Meyer an Traditionen hing. Kati trug das weiße Spitzentaufkleid ihrer Mutter. So hielt man es in ihrer Familie. Ich predigte für ihre Klasse den Schulgottesdienst bei ihrer Einschulung und gab ihr Gottes Segen mit auf den Weg. Kati glaubte daran. Sie blieb unserer Kirche treu, eiferte ihrer Mutter nach und sang mit im Kirchenchor.

Kati besuchte eifrig den Konfirmationsunterricht. Erst nach dem 14. Lebensjahr kann man in unserem Land die Religion frei wählen, dazu gab ihr der böse Mord an ihr keine Chance mehr. Kati starb mit 13.
    Mit Erschütterung, wenn nicht sogar Wut, denke ich an meine geistlichen Pflichten bei ihrer Bestattung. Die kommt viel zu früh. Ich will mein Bestes

tun, ihr auf ihrem Weg zu Gott beiseitezustehen und ihre Eltern aus ganzem Herzen zu trösten. Wie Gott lenkt, ist uns Menschenkinder nur allzu oft unverständlich. Es hilft uns nur der Glaube, der Glaube an seine Güte und Liebe. Eines nehmt bitte mit«, damit kam er ans Ende: »Es gibt keinen richtigen Weg zu trauern. Jeder muss seinen eigenen Weg finden. Die Zeit mag zwar die Wunden heilen, aber der Schmerz bleibt. Doch wir fühlen mit.«

Auch Kommissar Willi Maurer konnte Kati nicht vergessen. Allerdings wurden die vielen schönen Erinnerungen immer wieder von dem letzten Blick auf sie überholt, als sie mit ausgehöhlten Augenlöchern, Würgespuren am Hals und völlig bloß auf dem Moorboden im Wittmoor lag. Dieses grausame Bild konnte er nicht verdrängen. Es wirkte wie ein Schlag in die Magengrube und erschütterte ihn so manches Mal tagsüber, aber viel öfter noch in der Nacht.

Bis dahin waren die Bilder von Kati nur schön gewesen. Er sah sie auf ihrem Fahrrad, das immer korrekt gepflegt war, Bremse, Licht und Leuchtstreifen seitlich auf den Reifen waren immer in Ordnung. Er machte sich manchmal einen Spaß daraus, sie anzuhalten und dies zu überprüfen. Das Endergebnis stand von vornherein fest. Über das lachten sie dann beide.

Noch lustiger war es für Kati, wenn er sie auf dem Skateboard auf dem Bürgersteig anhielt mit ernstem Gesicht und den Worten: »Das kostet Geld, junge Dame. Sie sind in der Innenstadt über 50 Stundenkilometer gefahren.« Auch das war für beide eine Gaudi. Ihren Eltern mochte er kaum noch in die Augen schauen. Er wusste, wie wund die waren. Doch er konnte ihnen nicht erklären, warum der schändliche Mörder noch nicht gefasst war. Darüber dachte er fast genauso oft nach, wie er an die kleine Kati dachte.

Die gesamte weiterführende Schule dachte an Kati.

Der »Direx« glaubte, sich offiziell erinnern zu müssen.
Er tat dies nicht selbstlos aus reinem Mitgefühl, es war vielmehr seine Pflicht, denn er stand dem gesamten Schulbetrieb vor und hatte Verantwortung für alles, auch für das Erinnern.
Inzwischen hatte er dafür viele kleine Geschichten in petto. Oft war er herzlos und streng, doch diese Geschichten waren alle liebenswert. Als

bekennender Altsprachler hielt er es mit dem Philosophen Chilon von Sparta: »De mortuis nil nisi bene«, »von Verstorbenen nur Gutes reden«. Katis Klasse übte auf seine Veranlassung mit dem Musiklehrer ein Kirchenlied für deren Bestattung ein. Er wählte ein Lied von Paul Gerhardt aus, »Befiehl du deine Wege«. »Dieses Lied lädt uns ein, auf den Lebensweg von Kati zurückzublicken und alle schönen Erinnerungen zu würdigen, damit auch wir uns erinnern«, erklärte er dazu.

Frau Professorin Rüstig hatte eher eine wissenschaftliche Erinnerung an Kati. Wenngleich auch Katis geschändeter, misshandelter Leib für sie unvergesslich war. Aber auch mehrere rechtsmedizinische Ergebnisse lebten in ihren Vorlesungen und Veröffentlichungen weiter:

Das Ausschälen der Augäpfel und dessen kultische Bedeutung schon im alten Ägypten war eine davon. Man war sich sicher, die Augen von Kati wurden entfernt, damit ihre Seele nicht aus den Augen entfleuchen konnte.

Einen Menschen als Mörder zu erkennen, wurde durch DNA- Vergleich einer Fremdhaar-Anhaftung auf dem Leichnam und der DNA von Berührungsspuren bei der Vergewaltigung möglich. Die DNA war identisch.

Schließlich zeichnete sich ein methodisch sauberer Weg ab, der über eine Erdanhaftung am Leib von Kati, die nicht vom Fundort war, zum wahrscheinlichsten Gebiet des Tatorts führen konnte. Kati würde mit diesen Analysen in ihren Berichten und Vorträgen weiterleben.

Neben den genannten Menschen äußerten sich noch viele zu Kati. Die meisten von ihnen hatten das Geräusch des Hubschraubers gehört und geahnt, dass etwas passiert war. Sie hatten auf die Buschtrommel gelauscht und waren an allen Neuigkeiten drangeblieben. Sie zeigten sich informiert und berührt. Diese wenigen Genannten stehen beispielhaft für die große Zahl dieser. Ein einvernehmliches Fazit war daraus zu ziehen:

Alle, die sich so intensiv an Kati erinnern, werden hoffentlich sachdienlich dazu beitragen, dass der Mord an ihr nicht unaufgeklärt und ungesühnt ad acta gelegt werden wird.

Das war zu wünschen.

Unbedachtes Getöse erschien nicht opportun. Es schaffte nur weitere Wunden und schädliche Unsicherheit. Mit Ernest Hemingway konnte man sagen: »Katzen erreichen mühelos, was uns Menschen versagt bleibt: durchs Leben zu gehen, ohne (unnötigen) Lärm zu machen.« Im Fall Kati war auch für die Mitmenschen viel Geräuschlosigkeit angesagt!

DIE FAHNDUNGSBEMÜHUNGEN NÄHERN SICH EINEM ENTSCHEIDENDEN PUNKT

KHK Müller bereitete mit einleitenden Worten die Diskussion über einen Massen-DNA-Test vor:
»Wir haben für einen solchen Test bisher keine eindeutige Rechtsgrundlage. Er wurde allerdings schon mehrfach, auch mit Erfolg, durchgeführt. Wir müssen uns an diesen Vorgehensweisen orientieren. Sehr genau, denn die sind gerichtsfest gewesen, und, wie ich sagte, wir segeln im rechtsfreien Raum. Wir müssen zunächst den Personenkreis für einen Test genau festlegen und begründen. Die Ladung der Testpersonen erfolgt auf freiwilliger Basis. Testverweigerer können wir nicht zwingen, aber anders überprüfen. Weitere Hürden sollten wir dann später suchen und aus dem Weg schaffen. Also meine Herren, welcher Personenkreis macht für uns Sinn?«

Diesmal zeigte KK Kordt, dass er nicht nur frotzeln konnte, sondern eine echte Spürnase war. Er begründete die Auswahl für den von ihm vorgeschlagenen Test scharf und überzeugend:

»Mein Vorschlag basiert auf den Ergebnissen unserer bisherigen Fallanalyse. Wir müssen davon ausgehen, dass der Täter irgendetwas mit der Region Harburger Berge zu tun hat, Stichwort Vorkommen von Sedimenten. Aber, es gibt auch Berührungspunkte mit Hamburg-Duvenstedt, ich denke dabei an die Auswahl des Ablageortes der Leiche.

Die Fläche zwischen beiden Regionen möchte ich als Nahbereich bezeichnen. In ihm treffe ich folgende Annahmen: Der Mörder könnte in einem der beiden Regionen wohnen und in dem anderen Bereich arbeiten. Die Spuren belegen, dass der Tatort im Raum Harburger Berge liegt und sich der vom

Tatort abweichende Ablageort bei Duvenstedt befindet, Stichwort: abgeleitet aus den Spuren einer Region aus den Spuren auf dem Körper der Toten.
Der Täter bewegt sich schätzungsweise mit einem Pkw.
Wenn wir uns auf diese genannten Annahmen verständigen, müssten wir alle Fahrzeughalter testen, die vom Arbeitsplatz zum Wohnort, wahrscheinlich nahe dem Tatort gelegen, pendeln.

Hat der Täter wohnortnah gemordet, was zu vermuten ist, so kommen Orte nahe den Harburger Bergen als Wohngebiet infrage. Wenn wir uns auf die größeren Orte Nord-Wulmstorf und Buchholz fokussieren bzw. deren Kfz-Nummernschilder zugrunde legen, erfassen wir einen größeren Teil der Pkws in der Region.

Die beiden Städte selbst haben je an die 20.000 Einwohner, außerdem führen die kleineren Orte um sie herum im Nummernschild die Ortsbezeichnungen der großen.

Ein Großteil der so ermittelten Nummernschilder kann wieder ausgesondert werden, weil uns nur Fahrzeuginhaber interessieren müssen, die im Raum Duvenstedt arbeiten.

Dieser Entscheidung liegt die Annahme zugrunde, dass der Ablageort auch der Arbeitsort ist, nicht der Wohnort, denn der Täter wäre kaum in die Ferne gefahren, um zu morden, um dann zum Wohnort zurückzufahren, um dort die Leiche zu verstecken. Das macht keinen Sinn.
Wir suchen also nur Kfz-Besitzer aus der Kennung Nord-Wulmstorf und Buchholz, die aber im Raum Duvenstedt arbeiten. Es wäre wohl außerdem legitim, deren Alter auf den Zeitraum zwischen 18 und 30 zu begrenzen.
Wenn wir dieses Kollektiv herausgefiltert haben, kennen wir die Zahl unserer Testpersonen und können die Einladung planen und organisieren. Der Personenkreis für die Reihenuntersuchung wäre damit anhand von genügenden Merkmalen beschrieben: Alle Männer einer bestimmten Altersklasse, die einen Pkw benutzen, in einer bestimmten Umgebung wohnen und in einer anderen arbeiten.

Für einen ersten Test meine ich, nun den Umfang sinnvoll eingegrenzt zu haben. Dazu haben mich Kostengründe bewegt, aber auch der Wunsch, ein schnelles Zwischenergebnis zu erreichen. Als Beleg zwei Anhaltspunkte: Eine standardisierte Vergleichsprobe kostet etwa um die zehn Euro!

Die DNA-Auswertungen dauern immerhin 50 Tage, wenn etwa tausend Spuren gesichtet und ausgewertet werden müssten.«
Er ließ seinen Kopf in die Hände sinken und wartete auf die Reaktion der Kommissionsmitglieder.

KHK Müller musste sich eingestehen, dass KK Kordts Vorschlag aus den Fakten folgerichtig abgeleitet worden war. Er drückte ihm vor allen anderen seine große Bewunderung aus. Das tat er wirklich das erste Mal in solcher Weise. Kordt freute sich wie Bolle, aber irgendwie plagte ihn noch ein Misstrauen, dass der große Manitu noch mit einem »aber« kommen würde. Er konnte nicht glauben, dass Müller ohne weitere Diskussion und mindestens kleine Abänderungen des Vorschlags den seinigen durchwinken würde. Und er behielt recht.

KHK Müller begann mit seinen Erklärungen fast ein wenig zerknirscht, als fiele es ihm schwer, sie überhaupt zu artikulieren:

»Wie gesagt, lieber Herr Kollege, Ihr Vorschlag ist rund und durchdacht. Die Kehrseite dieser goldenen Medaille ist jedoch, sie ist immer noch teuer und wird in der Durchführung viele Tage dauern. Wir können mit keinem schnellen Durchbruch rechnen. Außerdem sind einige Thesen, auf denen er basiert, in unserer Analyse zwar gemeinsam als höchstwahrscheinlich bewertet worden, aber nicht als sicher.
Sollte sich da in der Realität etwas anderes ergeben, hätten wir viel Zeit und Geld verbraucht. Ich möchte deshalb einen anderen Vorschlag zur Debatte stellen. Eine Entscheidung darüber, welcher der Vorschläge den Vorzug bekommen soll, müssen wir hinterher, nach gründlichem Überdenken, gemeinsam treffen.
Ich gehe von einer 100-prozentig gesicherten Erkenntnis aus: Unser Mörder ist ein Sexualtäter. Er hat Kati brutal vergewaltigt und defloriert.

Ihre Ablage und das Ausstechen der Augäpfel hat etwas Besonderes, etwas außerordentlich Perverses an sich.
Ich muss dabei an das Genre von Snuff-Filmen denken.
Dieses Genre kreiert eine real wirkende filmische Aufzeichnung von Morden und sexueller Gewalt, zur Unterhaltung und Erregung perverser Zuschauer.
Vielleicht hat der Mörder Kati nur zu seiner sexuellen Erregung in der vorgefundenen Form abgelegt. Meine Überlegungen gehen jedoch viel weiter, das möchte ich aber erst später erläutern. Denn für meinen Vorschlag sind sie nicht zwingend.
Ich möchte den Mörder einfach als einen perversen, grausamen Triebtäter suchen. Deshalb empfehle ich einen DNA-Abgleich mit allen Triebtätern im weiteren Umfeld.
Mir scheint es nicht unwahrscheinlicher, lieber Herr Kordt, mit meinem Vorschlag, wie mit Ihrem, auf den Mörder zu stoßen. Aber der Weg wäre kostengünstiger und kürzer.

Nun meine weitergehenden Überlegungen: Vielleicht hat unser Mörder sogar eine filmische Aufzeichnung gemacht und wollte mit ihr ein perverses Publikum amüsieren. Es lohnt sich meines Erachtens deshalb, die Perversen-Szene, die solche Art Filme konsumiert, zu durchforsten. Vielleicht wird ein Film von Kati heute schon auf Spezialkanälen gezeigt. Wenn Sie dort frei einsichtig sind, kann man davon ausgehen, dass der Mörder nur vor Gleichgesinnten prahlen will. Wahrscheinlicher ist wohl, dass solche Bilder im Netz nicht einfach zugänglich sind, sondern für sie ein Eintrittspreis verlangt wird. Dann muss man von einem verschlüsselten Zugang ausgehen, der nur gegen eine Zahlung geöffnet wird. Das ist das übliche Verfahren.

Diese Überlegungen habe ich mir erst kürzlich angelesen. Deshalb empfiehlt sich, unseren forensischen Psychiater hinzuzuziehen, in der Hoffnung, dass er, trotz unseres bisher bescheidenen Täterprofils, hinter dessen Fassade schauen und Anregungen für unsere weitere Fahndung geben kann. Das ist, wie gesagt, ein zusätzliches Thema neben der vorgeschlagenen DNA-Analyse. Für die, das möchte ich betonen, hat unsere Professorin auch noch nicht ihre gesamten Erkenntnisse herausgelassen. Daraus können sich natürlich auch noch Veränderungen als Feinschliff ergeben. Doch die Grundrichtung wird dieselbe bleiben.«

Es herrschte ein längerer Moment der Stille. Mit einem weiteren Vorschlag hatte nach Müllers Lobeshymne keiner mehr im Raum gerechnet. Aber nach dem Überraschungseffekt waren Zweifel aufgekommen, ob Müllers Weg nicht der richtige war. Nach längerer Diskussion, bei der sich Kordt vergrätzt zurückhielt und zuwartete, votierte die Mehrheit für Müllers Vorschlag. Kordt konnte seine Emotionen nun nicht mehr zurückhalten. Er schlug sich mehrfach an den Kopf. »Was soll das?«, fragte KHK Müller irritiert.

Die Antwort kam prompt und bissig:
»Ich versuche mir nur einzubläuen, wie ich nach Ihrer Denke künftig ermitteln muss.« Er bemühte sich nicht einmal dabei, ein Grinsen zu vermeiden.
Die Stimmung der Gruppe hatte mittlerweile einen Tiefpunkt erreicht. Aber es war eine klare Entscheidung gefallen. Allerdings war die Kommission nun keine Einheit mehr. Es herrschte Misstrauen untereinander, und der Chef hatte es gesät. Diese Wandlung in der Stimmung seines Teams blieb KHK Müller nicht verborgen. Ich muss mein Temperament und meine Launen besser an die Leine nehmen. Eine richtige Dosierung ist wichtig, dachte er selbstkritisch. Aber es würden wieder bessere Tage kommen. Spätestens wenn seine Vorschläge mit der Verhaftung des Mörders enden würden.
KK Kordt sah das natürlich ganz anders. Er murmelte böse vor sich hin: »Gib nur später nicht dem Weg die Schuld, du hast ihn eingeschlagen. Tu was du nicht lassen kannst.«
Er war total angesäuert.

KATI MEYERS GRABLEGUNG

Richtig arbeitnehmerfreundlich war das Wetter erst nach dem tragischen Wochenende geworden. So hielt es sich nun schon über fünf Wochen. Die Meteorologen kündeten nun sogar den heißesten Juni der letzten zehn Jahre an.

Fünf Wochen waren auch ins Land gegangen, bevor man Katis Leiche für die Bestattung freigab.

Beim Ehepaar Meyer löste das seit Langem mal wieder hektische Betriebsamkeit aus. Auf Katis letztem Weg sollte alles vom Besten sein.

Das Bestattungshaus Wolferman stand schon seit über 150 Jahren trauernden Hinterbliebenen in allen Fragen einer Trauerfeier mit Rat und Tat beiseite. Paul Meyer kannte den Eigner Helmar Wolferman (in dritter Generation) sogar recht gut. Er hatte erst vor Kurzem sein Bestattungshaus rundum renoviert und modernisiert. An ihn wandten sie sich nun: »Eine Hand wäscht eben die andere.«

Sie wurden von dessen Empfehlungen nicht enttäuscht. Alles in Weiß zu halten, gefiel ihnen gut. Diese jungfräuliche Farbe stand Kati trotz der Vergewaltigung zu. Sie fanden im Sortiment einen zierlichen Sarg, ganz für Kati bestimmt, weiß lackiert. Der war innen mit weißen Seidenkissen ausgelegt. Auf denen sollte ihre Kati in einem weißen Seidenhemdchen ruhen.

Helmar Wolferman lud das Paar ein, von ihrer geliebten Tochter im hauseigenen Abschiedsraum Abschied zu nehmen. Er versprach ihnen, sie würde dann aussehen wie eine kleine Prinzessin. Besonders Roswitha Meyer war zögerlich, dieses Angebot anzunehmen. Sie wollte Kati strahlend und lebendig in Erinnerung behalten. Ein anderes Bild, noch so schön gestaltet, durfte sich nicht darüberschieben. Herr Wolferman zeigte sich sehr verständig und gab ihnen Bedenkzeit.

Paul Meyer hatte keine feste Meinung zu dem Vorschlag, und so ließ er alles nach dem Wunsch seiner Frau organisieren. Es gab für sie keinen Besuch im

Trauerraum. Trauergäste waren nur in der Kirche erwünscht. Die Predigt sollte Pfarrer Hamacher halten, den Roswitha hoch verehrte. Den Weg mit dem Sarg zum Grab würden sie mit dem Pfarrer alleine gehen.

Von einer großen Trauerfeier wollten sie, wo noch nicht mal der Mörder überführt war, Abstand nehmen. Sie sahen keinen Grund, mit ihrem Umfeld zu fraternisieren. Zu sehr waren ihre Seelen verletzt. Sie sahen zurzeit nur das Böse in der Welt und waren nicht einmal auf der Suche nach dem Guten.

Nachdem diese Entscheidungen getroffen waren, fiel der Elan wieder von ihnen ab. Sie zogen sich wieder in ihr Schneckenhaus zurück, um weiter zu trauern und warteten in gemeinsamer Trauer auf Katis Tag.

Es war Roswitha Meyer, die nicht davon ablassen konnte, weiter nachzudenken, was sie ihrem Kind zum letzten Abschied noch Gutes tun könnte. Dabei kam ihr in den Sinn, dass sie dem Bestatter nicht aufgetragen hatte, Kati das goldene Kettchen mit ihrem Sternzeichen Waage daran im Sarg anzulassen. Weil sie allein zu Hause war, Paul war für einige Unterschriften ins Büro gefahren, rief sie Helmar Wolferman an. Ihr Anliegen ließ ihn erstaunen. »Gnädige Frau, ein solches Kettchen liegt uns nicht vor. Ich kann Ihnen leider nicht dienlich sein.« Roswitha Meyer erstarrte. Die letzten Bilder von Kati, nackt und bloß, traten vor ihre Augen. Sofort wurde es ihr zur Gewissheit, dass Kati schon zu diesem Zeitpunkt kein Kettchen mehr trug. Das hatte sie allerdings nur im Unterbewusstsein registriert, ohne Schlüsse daraus zu ziehen. Ihr Atem wurde ganz kalt. Das Gespräch musste sie schnellstens beenden.

»Ich danke Ihnen, Herr Wolferman, ich schaue noch einmal selbst nach und melde mich wieder. Schönen Tag.« Sie legte auf und grübelte darüber nach, was diese Erkenntnis bedeuten würde. Ihr schwante nichts Gutes. Wenn Kati das Kettchen, als man sie fand, nicht mehr trug, konnte es nur ihr Mörder an sich genommen haben. Vielleicht wollte er für sich ein Souvenir als Erinnerung an die Tat behalten oder sogar den kleinen Wertgegenstand verhökern.

Abgerissen bei einem letzten Kampf um Katis Leben konnte er die Kette nicht haben. Katis Untersuchung hatte keine Spuren der Gegenwehr gezeigt. Die Konsequenz ihrer Überlegung wurde Roswitha Meyer sofort klar. Ihr

Mann und sie hatten die Fahnder, zwar ungewollt, nicht auf diese Spur aufmerksam gemacht. Eine Spur, die durchaus zum Mörder hinführen konnte. Vielleicht hatte ihn jemand mit dem Kettchen gesehen. Vielleicht hatte er es sogar an jemanden verkauft. Sie musste mit Paul beratschlagen, was nun zu tun war. Sie rief ihn an und bat ihn, schnell nach Hause zu kommen. Es sei etwas Wichtiges eingetreten.

Paul Meyer ließ alles stehen und liegen und machte sich auf den Weg. Seine Angstgefühle wurden noch größer, als er Roswitha, mit der ganzen Welt fertig, auf dem Sofa vorfand. Sie hatte geweint. »Was ist passiert, Schatz? Ich bin jetzt bei dir und kann vielleicht helfen.« Sie sah in seinen Augen Furcht aufblitzen, als er sie fragend ansah.

Roswitha Meyer ließ ihre schlimmen Erkenntnisse ohne Punkt und Komma aus sich herausfließen. Paul wurde mit jedem Satz unruhiger, unterbrach aber ihren Redeschwall nicht.

Erst als sie am Schluss ihre Folgerungen zog: »Wir haben verabsäumt, der Kriminalpolizei ein wichtiges Indiz aufzuzeigen. Wir müssen schnell hin und uns erklären«, griff er ein: »Liebes, erstens haben wir diese Mitteilung nicht verabsäumt, sondern der Umstand war uns unter Schock gar nicht aufgefallen. Zum Zweiten sollten wir den ganzen Weg im Moor nochmals abgehen. Wir wissen nun, nach was wir suchen müssen. Vielleicht finden wir das Kettchen.

Sollte das nicht der Fall sein, dann gehen wir nicht sofort zur Kriminalpolizei, sondern beraten uns mit unserem Freund Willi. Der ist vom Fach und weiß, was zu tun ist.«

Roswitha Meyer war so erleichtert, dass ihr Mann, wie immer in solchen Fällen, das Heft in die Hand nahm und die Verantwortung trug. Auch dem Kontrollgang stimmte sie zu. Selbst wenn er vergeblich blieb, brachte er weitere Zeit, um alles genauestens zu bedenken.

Das unglückliche Paar machte sich sogleich auf den Weg. »Hoffentlich haben wir Glück und finden das Kettchen. Es wird wirklich Zeit, dass wir mal wieder Glück haben, und es wäre jetzt so wichtig«, meinte Paul, als sie in Eile aus dem Haus stürmten. Schon direkt vor der Tür richteten sie ihre Augen auf den Boden. Für jeden, dem sie begegneten, sah das ziemlich komisch aus.

Aber niemand sprach sie an. Jeder kannte ihr Schicksal und wollte sie nicht stören, was immer sie vorhatten.

Sie nahmen den Weg, vom südlichen Parkplatz, der am Ende des Eichelhäherkampes startete und auf gut befestigten Wegen durch das Moor führte. Auf dem Weg wurden sie unsicher. Er musste nicht der richtige sein. Kati nahm ihn immer, wenn sie mit Strolch ins Moor ging, aber der Mörder konnte von einer anderen Seite gekommen sein, um sie abzulegen. Damit wäre die ganze Suche sinnlos. Auch der lange Weg und die Weite der Landschaft machte ihnen Angst. Hier nach einer zierlichen Kette zu suchen, war wie das Suchen nach einer Nadel im Heuhaufen. Ihre Hoffnung, sie zu finden, sank gegen null. Aber sie wollten nicht aufgeben. Schließlich war der eingeschlagene Weg einer der möglichen des Täters. Damit hatten sie eine Chance, das war besser, als gar nichts zu tun und chancenlos zu bleiben.

Verbissen marschierten sie weiter immer den Blick nach unten gerichtet. »Es wird schon schiefgehen«, murmelte Paul Meyer in seiner Verzweiflung. Ein Smiley auf einer Wegschranke war das einzige Erfreuliche in ihrer Einsamkeit.

Der Weg war ca. sechs Kilometer lang und ging am Denkmal für das ehemalige Konzentrationslager Wittmoor und an einem großen See vorbei. In ihm hatten die Hunde nach Kati gesucht.

Kurz dahinter, nach etwa fünf Kilometern, erreichten sie die Stelle, an der ihre Kati seitlich neben dem Weg in der Kathedrale aus Buschwerk gefunden wurde. Nachdem sie auf dem Weg erfolglos geblieben waren, suchten sie die Stelle um diesen Busch besonders intensiv ab. Ihre Hoffnung starb zuletzt. Aber auch dort landeten sie keinen Treffer. Langsam setzte die Dämmerung ein. Sie hatten noch gut anderthalb Stunden Rückweg vor der Brust. Enttäuscht kehrten sie um. Nun musste Plan B greifen. Zu Hause würden sie sofort Willi Maurer anrufen und den Gang nach Canossa antreten.

Nachdem Paul Meyer ihr Wohnzimmer betreten hatte, steuerte er sofort das Sideboard an, holte den französischen Cognac heraus und einen Schwenker dazu. In ihn schüttete er reichlich ein. Der köstliche Schluck sollte ihn beruhigen, das tat jetzt Not. Roswitha Meyer verfolgte seine Handlung mit

Sorgen: »Sei vernünftig, Paul, du musst jetzt einen klaren Kopf behalten. Rufe lieber Willi an«, sagte sie. Ihr Mann trank erst in schnellen Zügen den Schwenker leer, stöhnte leise: »Oh, das tat gut. Der Schmerz hilft gegen das Vergessen, und Alkohol hilft gegen den Schmerz.« Danach ging er ans Telefon und wählte Willi Maurers Nummer. Er hatte ihn direkt in der Leitung. Paul Meyer ließ seinen Freund gar nicht erst zu Wort kommen. Das nahm er selbst:

»Willi, hast du Zeit, zu uns zu kommen? Wir brauchen dringend deinen Rat.« Willi Maurer war nur kurze Zeit irritiert, dann sagte er mit fester Stimme: »Du weißt doch, Paul, für euch habe ich immer Zeit. Aber worum geht es?«

»Das ist nichts fürs Telefon, Willi. Wann kannst du also hier sein?«

»Es scheint ja sehr dringlich zu sein. Dann mache ich mich gleich auf die Socken.«

Bis ihr Freund kam, saß das Ehepaar zusammen und schwieg vor sich hin. Sie fühlten beide, dass Willi Maurer nur ein Umweg war, ein kurzer Zeitgewinn, sie würden nicht umhinkommen, Kriminalhauptkommissar Müller zu informieren. Sie waren skeptisch, ob das außer Vorwürfen etwas brachte.

Willi Maurer zeigte großes Verständnis für ihr Versäumnis. Wie sie vorhergesehen hatten, machte er aber auch deutlich, wer nun informiert werden musste. Er schlug von sich aus vor, den Kriminalhauptkommissar in ihr Haus zu bitten. Die beiden waren erleichtert über den damit gebotenen Heimvorteil. Nach einem kurzen Telefonat stand fest, KHK Müller würde in ca. einer Stunde bei ihnen sein. Willi Maurer versprach dabeizubleiben. Darüber waren die Meyers sehr froh. Im Beisein von Willi Maurer würden Vorwürfe eher milder ausfallen.

Nach gut einer Stunde saßen die vier am Esszimmertisch, Roswitha hatte Selterswasser herbeigebracht und vier Gläser. KHK Müller sah Paul Meyer fragend an, und der schilderte stockend, was sie bedrückte: »Herr Müller, bei unserem Gespräch mit dem Bestatter äußerten wir den Wunsch, Kati solle ihr Goldkettchen mit dem kleinen Anhänger tragen, der ihr Sternzeichen Waage aufwies. Als Herr Wolferman sagte, ihm liege ein solches Kettchen nicht vor, fiel es uns wie Schuppen von den Augen, dass Kati das Kettchen schon nicht mehr trug, als wir in der Rechtsmedizin von ihr Abschied nahmen. Herr

Müller, wir haben das in unserer Aufregung total übersehen. Uns scheint inzwischen klar zu sein, dass es bei Katis Mörder verblieben sein muss.«

KHK Müller zuckte zusammen. Dann räusperte er sich und erwiderte: »Das ist wirklich ein Versehen mit großer Auswirkung. Ein Schmuckstück wird der Mörder kaum entsorgt haben wie vielleicht Katis Kleider. Er wird es etwa für sich behalten oder verkauft haben. Das Kettchen könnte eine Spur zu ihm hin werden. Für uns wäre es also ein neues Puzzle-Stück, ein gewichtiges Teil, um den Fall endlich aufzuklären. Nichts wünsche ich mir mehr.«

Von einer Rundumschelte, zu der es ihm eigentlich zumute war, ließ er mit Blick auf das angegriffene Nervenkostüm der Meyers ab. Roswitha Meyer dankte ihm das mit einem Vorschlag: »Wir kauften das Kettchen seinerzeit bei Schmuckdesign auf der Poppenbütteler Chaussee. Es war keine Einzelfertigung. Der Juwelier hielt eine ganze Serie davon vor, alle Sternzeichen. Sicher können wir das genaue Abbild der Kette dort nochmals erwerben.« Sie war auf einmal voller Eifer.

KHK Müller sah ebenfalls ein kleines Licht am Horizont.

Er bestärkte sie, sich um ein gleiches Kettchen zu bemühen.

Es sollte unbedingt ein weiterer Versuch werden, auf die Spur des Mörders zu kommen. Müller sah schon den fertigen Aufruf für die Medien vor seinem inneren Auge.

Er verließ als Erster die Besprechung. Willi Maurer ging erst, nachdem er seine Erleichterung losgeworden war: »Na, ihr beiden Hübschen. So schlimm war es doch gar nicht. Ich wusste, dass Müller sich ordentlich verhält, und dein Vorschlag, Roswitha, war Gold wert. Ein gleiches Kettchen für einen Aufruf kann die gleiche Wirkung erzielen. Es ist leider nur etwas Zeit ins Land gegangen.« Roswitha versprach, schon am nächsten Tag zum Goldschmied zu gehen, um ein vergleichbares Kettchen zu erstehen. »Ich werde es direkt dem Hauptkommissar bringen. Willi, hab vielen Dank für deine liebe Moderation. Es war für uns wichtig, dass du mit Rat und Tat dabei warst. Ich gehe morgen sofort an die Arbeit.«

Schmuckdesign hatte nur noch den kompletten Satz aller Sternzeichen in der Auslage. Das Plättchen mit der Waage war einzeln nicht mehr vorrätig. Doch als der Juwelier den Grund für das Kaufinteresse erfuhr, zögerte er keinen Moment, dieses Goldplättchen zur Verfügung zu stellen. Er gab im Sinne der guten Sache sogar einen Preisnachlass von 15 Prozent.

Erst als sich Roswitha Meyer herzlich bedankt hatte und bereits auf dem Weg zu KHK Müller war, kam ihm der Gedanke, dass die Zurschaustellung in den Medien das Kaufinteresse an dem Schmuckstück wecken könnte. Ein Kettchen mit einer solchen Geschichte würde sich sicher wie von selbst verkaufen. Die Menschen waren nun einmal so. Er orderte noch am selben Tag ein Dutzend Waage-Anhänger nach.

Roswitha Meyer wurde bei KHK Müller sofort vorgelassen. Da er stark beschäftigt war, dankte er ihr zwar recht freundlich, blieb aber kurz angebunden. Er versprach allerdings, den Aufruf spätestens nächsten Morgen über den Äther zu schicken. Zur Durchführung der Aktion bestimmte er wiederum Dustin Kordt und Fritz Schuster. Das ungleiche Paar hatte ihn das letzte Mal nicht enttäuscht. Ein Blitzgedanke führte zu einer zusätzlichen Anweisung:

»Macht unseren Helfern in den Medien klar, dass es sinnvoll ist, die tragische Geschichte von Zeit zu Zeit erneut zu veröffentlichen und Fragen zu stellen.« Die Begründung dafür lieferte er ihr dann gleich mit: »Kein Blatt hat nur Dauerleser. Durch mehrfache Aufrufe wächst die Chance, einen Ab- und-zu-Leser zu erreichen, der zu unserem Fall etwas zu sagen hat.

Kathrin Meyers Vater liegt mir andauernd mit der Bitte im Ohr, öfter das Schicksal seiner Tochter in den Medien zu zeigen, und zwar verbunden mit der Frage, wer sie wo und wann zuletzt gesehen habe. Natürlich ist es auch von Interesse, ob sie dabei mit jemand anderem zusammen war, sei es zu Fuß, in einem Pkw, einem Taxi oder einem öffentlichen Verkehrsmittel. Ich bin der Meinung, es ist wirklich Zeit, seine Bitte zu erfüllen. Was meint ihr dazu?«

Der Kriminalhauptkommissar wartete erst gar keine Antwort ab, sondern schloss das Gespräch: »Also los, macht euch an die Arbeit.«

Die Beflissenheit von Roswitha Meyer hatte den Kriminalhauptkommissar so beeindruckt, dass er beschloss, zu Katis Bestattung zu gehen. Vielleicht wollte ihr Mörder sein Opfer auch noch mal sehen und fiel ihm dabei irgendwie auf.

Am Tag der Bestattung von Kati weinte seit vielen Wochen erstmals wieder der Himmel, mehr noch als Katis Mutter Roswitha. Er war wolkenbedeckt, es war stürmisch und kühl. Nach dem alten Sinnspruch: »Regen im Mai bringt Segen und Heu, Der Bauer ist froh und die Kuh macht Muh«, kam das schlechte Wetter viel zu spät. Der Juni hatte längst begonnen.

Von der Cantate-Kirche in Duvenstedt läuteten die Glocken. Vor ihr und in ihr drängelten sich die Trauernden und wollten ihr Beileid bekunden. Der Hamburger Bürgermeister war anwesend und bekräftigte das Mitgefühl des gesamten Senats. Die friedliche Trauerfeier setzte sich deutlich ab von der Feier von 700 Rockern, die in der Nähe einen der ihren zu Grabe trugen. Hier prägte das Bild ein Aufgebot von fast 100 Polizeibeamten, die Sicherheit und Ruhe gewährleisten mussten.

Über fünf Wochen nach der unbegreiflichen Tat nahmen Familie, Freunde und Mitschüler und ein großer Teil der Bevölkerung an diesem Samstag in Hamburg-Duvenstedt Abschied von Kati.

Pfarrer Hamacher hatte trefflich Regie geführt und eine persönliche Note geschaffen.

Der Kirchenchor stimmte ein Lied von Echt an, es war Katis Lieblingslied gewesen. Die 13-Jährige hatte es sogar im Chor populär gemacht. Es war oft das letzte Lied der Übungsstunden:

»Die besten Plätze sind besetzt,
Und selbst wenn ich wollte, könnt' ich's nicht ändern,
ich könnt' es nicht ändern, leb' im Hier und Jetzt,
und Dinge, die ich sollte machen, lass ich schlendern,
lass ich schlendern.
Alles wird sich ändern, wenn wir groß sind.
Wir werden tun und lassen können, was wir wollen.
Wir werden frei sein von den Zwängen dieser Welt.
Wir werden leben wie im Paradies.
Alles wird sich ändern, wenn wir groß sind.
Wir werden lieben, wen wir lieben wollen ohne Grenzen.
Wir werden glücklich sein für immer und ewig.
Wir werden alles haben, was wir brauchen.«

Pfarrer Hamacher hatte eine Erklärung dazu: »Mit diesem Song zeigte sich die so artige Kati doch ein bisschen als kleine Rebellin. Auf jeden Fall träumte sie von einem freien langen Leben, wenn sie einmal groß sein würde. Das hat ihr Gott nicht gegeben.«

Der Pfarrer merkte in seiner Predigt weiter an:
»Was für ein Glück, dass unsere Kati in ihrem kurzen Leben das Hier und Jetzt gelebt hat.«

Er fand auch harte Worte für die grausame Tat: »In der Nacht vom 11. auf den 12. Mai wurde Kati bestialisch umgebracht. Ihr Mörder ist immer noch frei. Ihr wurde das Leben auf entsetzliche Art und Weise entrissen.«

Er wurde auch mit seinen persönlichen Worten der Trauer und den Wünschen der Eltern gerecht:
»Der Tod des eigenen Kindes ist für Eltern eine Katastrophe. Wegen der noch ausstehenden Überführung des Mörders mischt sich Wut und Zorn in ihre Trauer. Wir müssen verstehen, dass sie in ihrer Verbitterung die Grablegung von Kati mit ihr allein erleben wollen. Ihnen ist neben der Verabschiedung von Kati in der Kirche nicht nach einer großen Trauerfeierlichkeit zumute. Auch dafür müssen wir großes Verständnis zeigen.«

Er tröstete die Eltern mit der Hoffnung, Kati würde nun in einer besseren Welt weiterleben.

Die Trauergemeinde blieb nach dem Segen so lange sitzen, bis die Eltern hinter dem Pfarrer und den Friedhofsbeamten, die den Wagen mit den vielen Kränzen, Blumengebinden und Katis weißem Sarg zogen, das Gotteshaus verlassen hatten. Wolfgang Hamacher ging den Weg bis zur offenen Grabstelle trotz des Strippenregens mit gemessenem Schritt. Die Friedhofsbeamten rollten verärgert mit den Augen, und einer von ihnen murmelte böse: »Muss das wirklich bei einem solchen Scheißwetter sein?« Aber sie mussten in diesem Trott weitergehen. Der Pfarrer gab den Takt vor.

Vor dem offenen Grab betete das verzweifelte Ehepaar zusammen mit dem Pfarrer. Katis Sarg wurde langsam abgesenkt. Ihre Eltern warfen rote Rosen in das Loch. Die hatten in einem Eimerchen am Rande des Grabes bereitgestanden. Mehrere leicht volle Schaufeln mit Erde folgten nach, während die Friedhofsbeamten die Blumen und Kränze auf dem Grab drapierten. Dann war die Zeremonie zu Ende. Nur Roswitha Meyer verabschiedete sich mit Dankesworten und warmem Händedruck von Wolfgang Hamacher. Paul Meyer war dafür, trotz der unzähligen Beileidsbekundungen, zu wütend. Er brauchte Vergeltung. Dieser kaltblütige Mord musste gesühnt werden.

Selbst die Trauerfeier stand unter keinem guten Stern. Nach ihrem Ende verunglückten zwei junge Trauernde bei einem selbstverschuldeten Motorradunfall tödlich.

Gottes Wege bleiben für uns immer unerklärlich.
Echt makaber war aber, dass der gewohnte Samstagskrimi im Fernsehen eine Handlung hatte, die der tragischen Geschichte von Kati sehr nahe kam. Wie zur Verhöhnung der trauernden Eltern wurde im Fernsehen auch noch ein überführter Mörder präsentiert.

In der Nacht wachte Roswitha schreiend auf. Paul machte das Licht an und erfasste sofort, dass sie sich noch im Halbschlaf befand. Er weckte sie mit leichtem Schubsen ganz auf und fragte sie: »Was ist mit dir, mein Liebes?«
»Ich habe geträumt, Schreckliches geträumt.«
»Sag mir wovon. Das wird dich befreien.«
Sie sah ihren Mann mit tränennassen Augen an und tat, was er verlangte: »Es war die furchtbare Geschichte, mit der mir mein großer Bruder immer Angst gemacht hat, nämlich die Geschichte vom schwarzen Mann aus dem Moor.«
»Was hatte es damit auf sich?«
»Diese Bestie hat junge Mädchen ins Moor geschleppt und getötet.«
»Wenn du damit an Kati gedacht hast, hast du um die Ecke gedacht. Katis Mörder hat sie vorher getötet und dann erst im Moor abgelegt. Entspann dich, Schatz. Wir müssen folgerichtig denken, sonst wird diese Bestie niemals erwischt.« Er nahm Roswitha in den Arm, und sie drückte sich an ihn. Bei ihm fühlte sie sich sicher. Sie schlief wieder friedlich ein und schlief traumlos durch bis zum Morgen.

EINE MASSEN-DNA-ABNAHME ALS WEG ZUR ENTTARNUNG DES MÖRDERS?

KHK Müller hatte sofort nach der Entscheidung für seinen Vorschlag zum Massengentest ein Gespräch mit Frau Professorin Dr. Rüstig gesucht, um das Feintuning für den von ihm gewünschten Test vorantreiben zu können. Frau Rüstig war dazu gern bereit, aber er erkannte schnell, wie viel Wert sie darauf legte, ihre ganze wissenschaftliche Leistung darzulegen. Müller hätte sich lieber mit den reinen Ergebnissen zufriedengegeben. Aber er merkte, nur mit »Geduld und Spucke« würde er zum Ziel kommen.

Die Professorin erklärte zunächst Details zu dem an der Leiche gefundenen Haar:

»Meine Analyse belegt, dass das Haar menschlichen Ursprungs ist. Es handelt sich um Haupthaar und stammt nicht von einem anderen Körperbereich. Es wies keine Wurzel auf und konnte deshalb nicht mit dem DNA-Test, Short Tandem Repeat (STR)-Analyse, untersucht werden. Allerdings ließ sich der Haarschaft einer mitochondrialen DNA (mtDNA) unterziehen. Die DNA ist damit bekannt und gesichert.«

»Das ist erfreulich«, warf der Kriminalhauptkommissar erleichtert ein.

»Meine Erkenntnisse insgesamt dürften für Sie noch erfreulicher werden. Natürlich habe ich auch die DNA ermittelt, die der Mörder durch Anhaftungsspuren während der Vergewaltigung hinterließ. Sie stimmt mit der des Haares überein. Der Besitzer des Haares ist deshalb eindeutig auch unser Täter. Weitere Erkenntnisse aus der Analyse des Haares sind damit Erkenntnisse über ihn.«

KHK Müller erkannte sofort die Wichtigkeit dieser Aussage und konnte nur hoffen, dass die Erkenntnisse aus dem Haar für die weitere Fahndung auch wirklich bedeutsam waren.

Die nächsten Erklärungen der Professorin machten das klar:

»Die meisten Elemente im Haar stammen aus Schweißsekreten, und ihre Zusammensetzung ändert sich mit Ernährung, ethnischer Zugehörigkeit, Geschlecht, Umwelt und Arbeitsbedingungen. Individuen sind nach dem Stand der Forschung anhand der Anordnung, des Aussehens und der Verteilung bestimmter Merkmale in verschiedenen Regionen des Haares zu unterscheiden. Für unseren Fall ergeben sich folgende Informationen:

Den DNA-Methylierungsstatus im Haar konnte ich mit den neuesten Techniken und dem modernen Gerätebestand der Universitätsklinik ableiten. Das Alter des Täters wurde dabei von mir aus der altersabhängigen Veränderung bestimmter DNA-Abschnitte eingeschätzt. Der Besitzer des Haares ist um die 30 Jahre alt.

Mit großer Wahrscheinlichkeit ist es das Haar einer Person aus Europa. Es wird sogar wahrscheinlich aus unserer Region stammen.

Der Durchmesser des Haars und der Magnesium-, Schwefel-, Strontium- und Zink-Gehalt weisen auf das Haar eines Mannes hin. Das zeigt, wie sicher die gewählte Analyseform ist, denn wir wussten ja schon durch die DNA-Analyse der Anhaftungen während der Vergewaltigung, dass wir es mit einem Mann zu tun haben.

Die von mir angewandte Analysemethode basiert auf der Messung von spezifischen Elementen im Haar mittels Feststoffprobenahme, elektrothermischer Verdampfung und induktiv gekoppelter Plasma-Emissionsspektrometrie. Diese Technik kann mit nur 2 mg Haar durchgeführt werden«, ergänzte sie ihr Fachchinesisch stolz.

»Lassen Sie mich noch zwei Einzelfeststellungen nennen:

Das gefundene Haar war nicht mit einer künstlichen Substanz wie einem Haarfärbemittel behandelt. Es hatte die natürliche Farbe.

Sollte der Täter selbst einmal nicht auffindbar sein, aber Sie haben Kenntnis über seine Schwester erlangt, dann können wir über einen Geschwister-DNA-Test feststellen, ob der Täter und die Schwester entweder eine leibliche Mutter oder einen leiblichen Vater (Halbgeschwister) oder beide (Vollgeschwister) haben. Der Bruder wird damit ohne seine Beteiligung als Täter identifizierbar.«

Nun verfiel sie in Schweigen und schaute den Kriminalhauptkommissar nur fragend an. Der erkannte, dass ihr Bericht zu Ende war. Er war mehr als zufrieden mit diesen Ergebnissen. »Frau Rüstig, ich bin tief beeindruckt, das erscheint mir alles wie Zauberei. Sie haben uns sehr vorangebracht, da bin ich mir sicher. Herzlichen Dank dafür.«

»Nicht dafür. Das ist doch meine Aufgabe. Vordenker müssen eben nachdenken.« Bei diesem kecken Satz kicherte sie leise.

KHK Müller hatte ebenfalls nach der Festlegung des Massentests für Sexualtäter zwei wichtige Vorbereitungen für das nächste Arbeitstreffen der Mordkommission Kati getroffen. Kriminalhauptmeister Ludwig Härting beauftragte er damit, aus allen vorliegenden Datenbanken Männer herauszufiltern, die im weiteren Umfeld der Hansestadt lebten und gegen die entweder wegen sexueller Straftaten ermittelt worden war oder die sogar zu einer Strafe verurteilt wurden. Er gab dem loyalen, stets akribisch arbeitenden Beamten noch einige Hinweise auf zu beachtende Details: »Bitte stellen Sie alle Informationen zu diesen Männern zusammen. Wir brauchen die Adresse, ihr Alter, den Grund und das Datum für die Überprüfung oder Verurteilung, ob sie Fahrzeughalter sind und alles mehr, was Ihnen dazu noch einfällt. Wir müssen nämlich in der Lage sein, nach vorliegenden Ergebnissen unserer Arbeitsbesprechung, den Personenkreis noch weiter einzuschränken. Zum Beispiel nur alle Personen im Alter zwischen 18 und 30 Jahren auszuwählen.«

KHM Härting hatte den Sinn des Auftrags sofort verstanden. Diese Aufgabe machte dem gewieften Verwaltungsmann sogar Spaß, und das machte er deutlich: »Herr Müller, das mache ich doch gerne, selbst wenn mein einziger freier Tag dafür draufgeht. Ich werde Ihnen etwas liefern.«

Für die Optimierung des Täterprofils hatte KHK Müller eigentlich den Gerichtspsychiater Rudolf Keller im Auge gehabt. Dann hatte er sich aber auf Kriminalkommissar Dustin Kordt umentschieden. Zum einen hatte ihn dessen Analyse zu dem von ihm vorgeschlagenen Massentest überzeugt. Zum anderen hoffte er, mit der Vergabe dieser Aufgabe an ihn die Wogen zwischen ihnen wieder etwas zu glätten. Der Kriminalkommissar hatte die besten Qualifikationen dafür. Müller war erleichtert, dass er auf seine Bitte äußerst positiv reagierte. Vielleicht hatte er endlich den richtigen Weg gefunden, mit Kordt konfliktfreier umzugehen. Er war gespannt auf dessen Analyse.

Felix Müller hatte alle Kommissionsmitglieder bereits am frühen Morgen zusammengetrommelt, er rechnete mit einem langen Arbeitstag. Müller begrüßte die Mitglieder und stellte sofort eine Forderung in den Raum:

»Wir dürfen uns nicht verzetteln. Aus unserer Prioritätenliste müssen unwesentliche Dinge verschwinden.« Er war zu nervös, um sich hinzusetzen und ging stattdessen rastlos im Raum auf und ab.

Dustin Kordt zeigte sich zu Müllers Leidwesen sofort wieder provokant: »Ich habe zunächst eine gute und eine schlechte Nachricht für Sie. Welche wollen Sie zuerst hören?«

KHK Müller antwortete ungnädig: »Fangen Sie einfach an.«

»Na gut, dann beginne ich eben mit der schlechten. Unser Aufruf zu Katis Goldkettchen brachte kein positives Ergebnis.

Als gute Nachricht kann ich allerdings nachreichen, dass sich unsere lokale Zeitung und die Blätter, die von ihr mit Nachrichten beliefert werden, zugestimmt haben, den Fall Kati Meyer von Zeit zu Zeit immer wieder anzusprechen. Veronika Schlüter von unserer örtlichen Zeitung trug wesentlich dazu bei, dass man sich auf diese Zusage verständigte. Unsere Argumente haben sie überzeugt. Ich erwarte allerdings keinen Applaus für dieses Ergebnis.«

Dieser letzte Satz war wieder typisch für KHK Kordt, und der erreichte mit ihm auch die angestrebte Verärgerung seines Chefs. Dessen Schlappmaul ist wirklich waffenscheinpflichtig, dachte der. KHK Kordt erkannte dies und zuckte mit den Achseln. Er blieb bei seinem provokanten Stil und stimmte leise einen Song von Tramaine Hawkins an:

»What shall I do?
What step should I take?
What move should I make?
Oh Lord, what shall I do?«

KHK Müller ging einfach darüber hinweg und verzichtete auf eine Vorhaltung. Stattdessen kam er auf den letzten sachlichen Redebeitrag zurück und sagte: »Prima, ich hoffe die Medien berichten wirklich so lange, bis der letzte der vielen sporadischen Leser erreicht wurde. Nur dann haben wir eine Chance.«

Er malte drastisch aus, wo sie stünden, wenn auch der geplante Massengentest erfolglos bliebe: »Dann müssten wir abwarten, bis der Täter irgendwann aus irgendeinem Grund seinen Speichel abgeben muss. Danach hätten wir in der Kartei endlich den Treffer, der ihn überführen würde, quasi durch Zufall, ohne unser Dazutun. Sonstige Spuren, außer seine zurückgelassene DNA, haben wir schließlich nicht. Ich wüsste nicht, womit wir den Kerl ansonsten aus der Dunkelheit hervorlocken könnten. Trotzdem bin ich überzeugt, dass wir irgendwann bei ihm vor der Tür stehen werden, und wenn es erst zehn Jahre später ist.«

KHK Kordt schob einen aberwitzigen Vorschlag nach und verhinderte erneut, dass sie endlich vorankamen: »Wir könnten ihn am ehesten nach dem Motto »Lock den Wolf mit der Henne« mithilfe einer unserer Spezialpolizistinnen zu einem weiteren Mordversuch bewegen. Sie müsste so auf ihn wirken, als hätte er endlich seinen Riesenwal vor der Harpune. Aber das dürfte ebenfalls scheitern. Der Mörder bevorzugt junge Mädchen, und solche Beamtinnen haben wir nicht zur Verfügung.«

KHK Müller sah ihn wütend an und zischte nur: »So viel zum Verzetteln. Ich gebe keinesfalls unschuldige Menschen in solche Hände. Verschonen Sie mich mit Ihrem Schmierentheater.« Einen Satz von Wilhelm Busch, der als Schelte trefflich gepasst hätte, unterdrückte er: »Dumme Gedanken hat jeder, nur der Weise verschweigt sie.«

KHK Kordt stammelte etwas irritiert: »Ich dachte, er brauche als Anstoß für eine weitere Tat unsere ganze Aufmerksamkeit.«

Der Gedanke, dass dieser Abschaum von Mensch noch draußen herumlief und wieder zuschlagen würde, war für den Kriminalhauptkommissar mehr als beängstigend. Trotzdem versuchte er seine Gefühle zu unterdrücken. Er meinte etwas deprimiert: »Für uns hütet der Mörder die Mutter aller Geheimnisse. Wir müssen den Fall lösen, basta, und wir werden es tun!«

Wieder ruhig sprach er von einer guten Möglichkeit weiter, die Kommission zu verstärken: »Cold Cases sollen von Anfang an verhindert werden. Das Landeskriminalamt hat eine Besondere-Aufbau-Organisation ins Leben gerufen (BAO). In die kehren Ruheständler als sogenannte Altermittler in unsere Reihen zurück, um uns zu verstärken. Ich habe einmal vorgefühlt und heute mitgeteilt bekommen, dass wir zwei der älteren Herren zugeteilt bekommen werden. Dieses Mehr an Manpower kommt uns gerade jetzt bei der Organisation des Massentests zupass.« Einige seiner Kollegen klopften mit den Fingerknöcheln auf den Tisch. Müller freute sich über ihre Zustimmung und fuhr fort: »Damit wir heute auf profunden Grundlagen Entscheidungen treffen können, habe ich Herrn Dustin Kordt und Herrn Ludwig Härting darum gebeten, für uns einige wichtige Vorarbeiten zu erledigen. Herr Kordt, ich bitte Sie als Erster ums Wort.« Müller hoffte, dass es nun nur noch sachlich weiterging.

KK Kordt ordnete einige Blätter vor sich auf dem Tisch und begann: »Ich habe es gerne übernommen, eine Überarbeitung der bisherigen Fallanalyse vorzunehmen. Bei dem Sexualmord Kati gehörte dazu eine Tatrekonstruktion und Täterprofilerstellung für das sexuelle Gewaltdelikt. Das Prinzip der Operativen Fallanalyse (OFA) ist seit 1998 erfolgreich im Einsatz und wurde auch vom Landeskriminalamt Hamburg übernommen. Nach dem bin ich vorgegangen und fühle mich nach dem Durchlaufen eines Fortbildungskonzeptes gut gerüstet.«
KHK Müller wurde schon wieder etwas unruhig über diese Selbstbeweihräucherung, schwieg aber.
»Am Beginn meiner Analyse habe ich alle vorliegenden Daten, Aussagen, Spuren und Erkenntnisse aufgenommen und interpretiert. Konkurrierende Lesarten habe ich dabei gegeneinander abgewogen und mich für die wahrscheinlichere Lesart entschieden. Scheinbar nebensächlichen Merkmalen widmete ich besondere Aufmerksamkeit. Es handelt sich dabei um Aspekte, auf die der Täter weniger achtet und in denen er sich am ehesten verrät.«
Kordt setzte eine bewusste Pause, trank einen Schluck Wasser aus seinem Glas und kam auf die einzelnen Analyseergebnisse zu sprechen:
»Für die Ortsbestimmung habe ich die Kreishypothese angewandt. Danach ergeben sich Beziehungen zwischen dem Abstand des Tatorts zum Wohnort sowie in unserem Fall noch zum Ablageort. Das Gebiet, in dem der Täter lebt, mordet und das Opfer ablegt, wird von einer sogenannten Sicherheitszone umrahmt und gehört zum Kreisdurchschnitt. Die Größe der Zone bestimmen wir gemeinsam nach unserem Sicherheitsbedürfnis, Schätzfehler auszugleichen, damit wir auf der sicheren Seite liegen. Als Ausgangspunkt für die Bestimmung diente mir die Hypothese, dass Menschen

prinzipiell bevorzugt in ihnen vertrauten Gegenden agieren. Der Mord dürfte nach den Sediment-Anhaftungen am Leib des Opfers in den Harburger Bergen stattgefunden haben. Der Mörder kommt vermutlich aus dem direkten Tatortumfeld. Sein Wohnort müsste danach eine der nahegelegenen Ortschaften sein. In die andere Richtung bestimmt der Ablageort Wittmoor bei Duvenstedt den Durchschnitt des Kreises. Duvenstedt ist eine Gegend, die dem Täter ebenfalls vertraut ist, vielleicht weil er in der Nähe arbeitet oder im Wittmoor oft wandert. Ich gebe dem Kreis einen Durchschnitt von ca. 100 Kilometern einschließlich Sicherheitszone. Der Tatort muss in den Harburger Bergen im Wandergebiet, aber nahe einer mit Pkw befahrbaren Straße liegen, sonst hätte der Täter die Verbringung zum Ablageort nicht vornehmen können. Der Wohnort dürfte nicht allzu weit davon entfernt und eine größere Ortschaft sein. Dafür spricht der große Radius der Fahrten, die der Täter in ihm bekannten Gebiet unternimmt. Bewohner kleinerer Ortschaften kleben eher an der nahen Scholle. Es scheint deshalb legitim, wenn wir uns zunächst auf die Orte Nord-Wulmstorf und Buchholz fokussieren.

Für den geplanten DNA-Test aller Sexualtäter im Umkreis könnten wir, so mein Vorschlag, den Kreis mit 100 Kilometer Durchschnitt ansetzen.«

»Gibt es dafür Wortmeldungen?«, KHK Müller sah sich fragend um. Ludwig Härting meldete sich zögerlich und Müller gab ihm neugierig das Wort. Härting enttäuschte ihn nicht und äußerte einen interessanten Gedanken: »Wir haben gelernt, dass der Täter in der Regel für sein Gebiet *selbst* eine Schutzzone wünscht. *Wir* wollen das nach Ihrem Vorschlag ebenfalls tun. Ich schlage vor, dabei nicht zu kleckern, sondern zu klotzen. Mit 50 Kilometern mehr würden wir uns gegen ein Zuwenig schützen, und unsere daraus resultierende Mehrarbeit bliebe durchaus im Rahmen.«

Sein Vorschlag wurde angenommen, aber KHK Müller plädierte für eine Ergänzung. »Frau Professorin Rüstig hat das Alter des Täters auf um die 30 Jahre geschätzt. Auch hier scheint mir eine ›Schutzzone‹ sinnvoll. Wir sollten Triebtäter zwischen 25 und 35 Jahren zu einem Gentest vorladen.«

Auch das wurde abgenickt. Ludwig Härting schrieb eifrig mit. KK Kordt »was not amused«, dass seine Fleißarbeit so auseinandergerissen wurde. Doch ihm blieb nichts anderes übrig, als fortzufahren: »Lassen Sie mich nun das Täterprofil etwas schärfen. Geben Sie mir die Chance, meine Vorschläge insgesamt vorzutragen, bevor wir über sie diskutieren.«

Die darin versteckte kleine Spitze gegen die Unterbrechungen konnte er wieder nicht auslassen.

»Meine Analyse erfolgt nach dem, was ich in der Spezialausbildung zum Fall-Analyseexperten lernte. Natürlich kommt auch das intuitive Erfahrungswissen zum Einsatz. Die Kenntnis, Taten über elektronische Datenbanksysteme zu identifizieren, habe ich mir ebenfalls zunutze gemacht. Wir interpretieren bei unserer Arbeit die Straftat als Ausdruck der Persönlichkeit des Täters. Ein Täter hinterlässt einen Spurentext, der seiner Lebenspraxis entstammt. Ich habe mich Schritt für Schritt den Sinnstrukturen seiner Handlung genähert. Ich habe dabei nach Primärhandlungen, aber auch nach Sekundärhandlungen, sogenannten Tarnhandlungen, gesucht. Lassen Sie mich das Ergebnis verdeutlichen:

Den Typus des Täters vermute ich als athletisch. Er hat eine gut ausgeprägte Muskulatur, große, kräftige Hände. Sonst wäre er nicht in der Lage gewesen, das Opfer mit der Kraft seines Körpers, teilweise über längere Strecken, fortzubewegen. Seine rechte Hand ist seine Führhand, das zeigen die Würgespuren am Hals seines Opfers.

Von den zwei großen Triebkräften der Menschen – Liebestrieb und Todestrieb in allen Facetten – ist bei ihm der Todestrieb in der Form, die sich nicht gegen ihn selbst richtet, sondern gegen die Außenwelt, deutlich ausgeprägt. Er zeigt sich in Form des Sadismus oder generell des Verbrechens. Tötungsdelikte und sexuell motivierte Straftaten, wie im Fall Kati, werden als stark sadistische Aktivitäten eingeordnet. Ein Sexualakt gelingt ihm in unserem Fall nur nach devianten Praktiken und Fantasien.

Bei ihm haben Symbole eine konstante Bedeutung. Das Augenausstechen als Symbol in der Mythologie und der Religion ist ein Beleg dafür.

Der Ablageort drückt einen Wunsch des Täters aus. Das Opfer, aber auch er, sollen unentdeckt bleiben.

Nun also meine Täterbeschreibung in Kurzform:

Er plant seine Tat.
Er benutzt für lange Wege einen Pkw.

Der Mann ist stark und athletisch.
Er ist hellhäutig und hat braunes Haupthaar.
Er ist gewaltbereit.
Er ist Rechtshänder.
Er ist affin für Mythos und Religion.
Er strebt sexuelle Handlungen an, bei denen das Opfer willenlos ist.
Das Opfer in seiner Hand darf nur »Sexualobjekt« sein.
Er wünscht sich starke, sadistische Aktivitäten.
Er möchte nicht enttarnt werden.
Er kennt keine Reue.
Wir müssen davon ausgehen, dass er im normalen Leben seine dunklen Seiten nicht ansatzweise so zeigt, wie wenn sie ihn beherrschen. Er ist trotzdem ein richtiges Scheusal.«

Der Kriminalhauptkommissar nickte verstehend und ließ KK Kordt fortfahren:

»Als Fallstricke für ihn könnte sich das Nichtbeachten von vermeintlichen Nebensächlichkeiten herausstellen.
Immerhin hat er nicht bedacht, dass die unterschiedlichen Erdanhaftungen am vorderen bzw. hinteren Körper auf einen unterschiedlichen Tatort und Ablageort hinweisen.
Wahrscheinlich befindet er sich auch noch im Besitz des Goldkettchens, vielleicht sogar der Kleidung des Opfers. Das Kettchen dürfte er unbedacht an sich genommen haben.
Ich danke Ihnen für Ihre Aufmerksamkeit.«

KHK Müller war erstaunt über den abrupten Schluss. Er ließ eine kurze Pause eintreten, dann zog er ein toxisches Resümee: »KK Kordt, wir danken für Ihren hochwissenschaftlichen Vortrag. Besonders Ihr Täterprofil war sehr eindrücklich. Wenn ich dem Mörder irgendwann einmal gegenüberstehe, werde ich ihn sofort erkennen. Diebe, die einem die Zeit stehlen, werden leider nicht bestraft«, murmelte er leise in sich hinein.

Kordt blieb schlagartig die Luft weg. Die ätzende Kritik in Müllers Replik war für alle so deutlich ausgefallen, dass jegliche Aussprache unterblieb. Felix Müller ging nahtlos auf die Aufgaben über, die Härting nun übernehmen musste:

»Sie extrahieren nun alle Männer aus unseren Datenbänken, die für ein Sexualdelikt bestraft wurden oder zumindest dessen verdächtigt waren. Gehen Sie dafür bis 15 Jahre zurück. Die Verdächtigen müssen sich im ermittelten Umkreis von 150 Kilometern aufhalten und zwischen 25 und 35 Jahre alt sein. Sie verfügen über einen Pkw. Es gibt allerdings eines zu beachten: Die Behörden starteten am 17. April 1998 den Aufbau einer bundesweiten DNA-Datenbank, die vom Bundeskriminalamt betrieben wird. In der DNA-Analyse-Datei (DAD) sind mittlerweile mehr als 1 Million Datensätze gespeichert. Wenn Triebtäter unseres Umkreises dazugehören, vergleichen Sie deren DNA mit der unseres Täters. Besteht keine Übereinstimmung, fallen sie aus unserem Untersuchungsraster heraus. Die restlichen Personen müssten vor 1998 ohne DNA-Test erkennungsdienstlich behandelt worden sein. Sie müssen deshalb nun nachuntersucht werden. Wenn wir wissen, wo sie ihre Wohnadresse haben, werden sie in Gruppen aufgeteilt, die unsere Beamten aufsuchen und um einen »freiwilligen« Gentest bitten. Sollten sie ihn verweigern, werden sie zur einer Vernehmung bei uns einbestellt, möglichst sofort dorthin mitgenommen. Hier werden wir versuchen, einen Haar-Vergleich mit dem des Täters vorzunehmen. Bei fehlender Übereinstimmung kann eine weitere Zahl an Verdächtigen ausgesondert werden.«
Müller schaute Härting an und fragte: »Wann kann ich mit Ergebnissen rechnen?« Härting antwortete schnell: »Lassen Sie mir bitte zwei Tage Zeit dafür.«

Kriminalhauptmeister Ludwig Härting bewies ein weiteres Mal seine Zuverlässigkeit. Nach zwei Tagen hatte er seine Arbeit korrekt erledigt und mit ihr die Voraussetzung für eine schnelle Durchführung des Tests geschaffen. 350 Triebtäter wurden im überprüften Gebiet geortet. 280 davon wurden in der DAD gefunden, aber ihre DNA entsprach nicht der Täter-DNA. Diese Männer konnten aussortiert werden. Von den restlichen 70 Personen waren 20 über 35 Jahre alt und gehörten damit auch nicht zur Zielgruppe. Die restlichen 50 waren in der Zeit vor dem 17. April 1998 auffällig geworden. Von ihnen war seinerzeit keine DNA-Analyse durchgeführt worden und damit auch nicht gespeichert. Sie bildeten den nachzubearbeitenden Rest. Sie verteilten sich auf vier Gebiete, die von den verfügbaren Leuten problemlos an einem Tag bearbeitet werden konnten.

Der Kriminalhauptmeister wies dann noch, korrekt, wie er nun einmal war, darauf hin, dass die so ermittelte Prüfgruppe einen Graubereich habe: Täter, die bisher nicht auffällig oder gar überführt wurden, fielen aus dem Raster.
»Das müssen wir in Kauf nehmen«, tröstete ihn KHK Müller. »Wir sind schließlich keine Hellseher. Aber eins hat sich ergeben. Die zu prüfende Gruppe ist logisch ermittelt und, wie ich vorhergesagt habe, recht klein ausgefallen. Sie sprengt unseren Etat nicht und lässt sogar Raum für weitere Prüfungen. Wir können die Reihenuntersuchung in Kürze starten und schnell zu Ende bringen. Gut gemacht, Härting.«

Die vier Beamten für die Untersuchung wurden bereits am nächsten Tag ausgewählt und eingewiesen. KHK Müller war sehr zufrieden mit dem Tempo der Vorbereitungen und kratzte sich genüsslich an seinem Tonnenbauch. Der bescherte zurzeit wieder sichtlich Probleme mit der Wirbelsäule. Müller dachte mit Sehnsucht an das orthopädische Design der Rückenfläche seines persönlichen Sessels. Die war für ihn eine echte Wohltat. Für den Test griff er auf die zwei zugewiesenen Altermittler zurück, nahm Fritz Schuster und einen weiteren Kriminalobermeister aus seiner Geschäftsstelle hinzu. Härting blieb ihre Kontaktperson. Nach all diesen Vorbereitungen suchte er das Gespräch mit Staatsanwalt Max Reuter. Mit ihm konnte er gut, und so bekam er nach einer kurzen Erörterung das Go für die geplante Aktion. Er verschwendete keine Zeit und setzte den Testbeginn bereits für den nächsten Tag an. »Ich wünsche mir nichts mehr, als dass der Kerl so bald als möglich gesiebte Luft einatmen muss«, gab er den Männern mit auf den Weg. Er war gespannt auf das Ergebnis.

Das entsprach nicht seinen Wünschen. Drei der Gesuchten waren nach unbekannt verzogen und hatten sich nicht abgemeldet. Einen weiteren hatte es nach Mallorca verschlagen. Dann waren es nur noch 46! 16 Männer wurden nicht angetroffen. Die Beamten forderten sie auf, unverzüglich telefonischen Kontakt aufzunehmen und ließen die Telefonnummer zurück.

Von den restlichen 30 waren 27 zur Abgabe einer Speichelprobe bereit. Die drei, die sich weigerten, wurden zum Verhör mit aufs Revier genommen. Sie konnten allesamt für den Tattag wasserdichte Alibis vorweisen und wurden schnell wieder entlassen. Von den 16 nicht angetroffenen Verdächtigen meldeten sich immerhin 14 telefonisch. Mit ihnen konnte ein praktikables Vorgehen vereinbart werden. Sie gaben bei der örtlichen Polizeistation, die gerne Amtshilfe leistete, eine Probe ab. Die zwei fehlenden Männer reagierten beim nächsten Mal, mussten aber keine Probe abgeben, denn sie hatten nach der Feststellung der örtlichen Kollegen eine völlig andere Haarfarbe als der Täter. Und ihre war natürlich und echt. Damit war die Aktion fürs Erste abgeschlossen. Die Analyse der Proben würde eine längere Zeit in Anspruch nehmen als deren Einholung. Das Labor nannte etwa vier bis fünf Wochen Wartezeit. KHK Müller fluchte leise über die Info. »Wir haben doch wirklich nicht alle Zeit der Welt«, knurrte er dazu. Das Ganze würde zum Skandal, wenn der Täter vor dem Vorliegen der Ergebnisse wieder zuschlüge.

Nach vier Wochen lag das Ergebnis vor, eine große Ernüchterung trat ein. Keine der DNAs stimmte mit der des Täters überein. Ihr Täter musste ein Ersttäter sein, der von ihren Systemen noch nicht erfasst war. In diesem Fall nutzten die bestgepflegtesten Dateien nichts. Ihr Versuch war fehlgeschlagen. Der Kriminalhauptkommissar hätte sich noch mehr geärgert, wenn er gewusst hätte, wie nah sie dem Mörder gewesen waren. Er war sehr wohl Teil des ausgesuchten Kollektivs gewesen. Er wurde mit 24 Jahren verdächtigt, sexuell übergriffig gewesen zu sein. Den Beweis konnte man jedoch nicht erbringen, und er wurde nicht angeklagt. Trotzdem hätte die Untersuchung in der Kartei vermerkt werden müssen. Ein überlasteter Beamte hatte dies aber verschlampt und die Information nicht in die Kartei eingespeist. Ein »fauler Apfel« im System kann eben alles verderben. Es war gut, dass KHK Müller von dem Versäumnis nichts wusste.

Das perverse Triebleben des Mörders hatte eher harmlos begonnen. Zunächst hatte er sich damit zufriedengegeben, dass er auf dem Heimweg von seinem Job voyeuristisch in Schlafzimmer spähte.

Später wollte er Macht über Frauen, besonders junge, und versuchte, die auch auszuüben. Er wollte sexistische Annäherung und gedachte »die kleinen Schlampen« dafür zu bestrafen. Zu diesen Dingen hatte es Hinweise gegeben. Die waren allerdings nicht beweisbar gewesen.

Die Kosten für Analysen hielten sich im Rahmen. Es waren schließlich nur 41 Tests notwendig geworden. Die Nebenkosten für die Ermittlung würden zudem in den normalen Ermittlungskosten untergehen. Deshalb war KHK Müller fest entschlossen, einen weiteren Test nach anderen Kriterien auf den Weg zu bringen. Er grübelte einige Tage daran herum, bis er die neue Form ausgedacht hatte.

Müller plante nun, auf der Straße, die von Buchholz und Nord-Wulmstorf nach Duvenstedt verlief, an drei Wochentagen den Verkehr überprüfen zu lassen. Die Fahrstrecke ging über die A1 und die B 432, war etwa 38 Kilometer lang und verlangte eine Fahrzeit von ca. 35 Minuten.

Die Beamten sollten zunächst Pkw, deren Fahrzeugkennzeichen mit WL begann, aussondern. Diese beiden Zeichen standen für Buchholz und Nord-Wulmstorf. Konkrete Fahrzeugtypen konnten nicht vorgegeben werden. Der Typ des Täterfahrzeuges war nicht bekannt. Dass es sich um einen Kastenwagen handelte, war eine zu vage Vermutung. Schließlich konnte man ein zierliches weibliches Opfer, wie es Kati gewesen war, auch in der Kofferkammer eines Pkws transportieren. Der Kriminalhauptkommissar wollte alle Pendler zwischen diesen beiden Ortschaften und Duvenstedt in Augenschein nehmen. Die Fahrer der Pkw waren sodann auf Haarfarbe, Statur und Alter zu untersuchen. Entsprachen ihre Merkmale nicht dem Täterprofil, sollten sie weitergewunken werden.

Nur die restlichen waren um eine Speichelprobe zu bitten. Wer sich weigerte, musste wiederum zum Verhör mitgenommen werden. Drei verschiedene Werktage für die Aktion auszuwählen, schien Müller eine gute Methode, Pendler zu erfassen, die nicht jeden Tag pendelten. Er wählte einen Tag am Wochenende, sollte der Täter nur zum Wandern im Wittmoor pendeln. Die anderen beiden Tage waren normale Arbeitstage. Besonders wichtig war ihm eine Vorabstimmung mit der Lokalredakteurin Veronika Schlüter. Er musste sie auf jeden Fall vergattern, während der Überprüfung nicht darüber zu berichten. Das konnte den Mörder davon abhalten, die Strecke überhaupt zu befahren. Müller versprach Frau Schlüter dafür die exklusive Berichterstattung über das Ergebnis. Die beiden wurden sich im Dienste der Sache schnell einig.

Die Abstimmung mit Staatsanwalt Max Reuter fiel dieses Mal nicht ganz so einvernehmlich aus. Der Staatsanwalt ließ sich länger bitten, bis er der Aktion zustimmte. Er verabschiedete Müller jedoch mit den Worten: »Okay, ich gebe Ihnen einen zweiten Schuss, aber der wird der letzte sein. Aus Sympathie drücke ich Ihnen allerdings die Daumen.« Diese freundschaftliche Geste ließ die Last für KHK Müller für einen Moment viel leichter erscheinen, die er auf seinen Schultern zu tragen hatte.

Das Massen-Screening wurde für den Beginn der nächsten Woche vorbereitet. Müller steckte in die Vorbereitungen sein ganzes Herzblut hinein.

EIN ZWEITER VERSUCH
SOLL ZUM MÖRDER HINFÜHREN

Zum Beginn der nächsten Woche war die Logistik vorbereitet. Die Ermittler konnten nun die vermeintlichen Pendler ins Visier nehmen. Das Wetter war beständig und warf keine zusätzlichen Probleme auf. Kleinere Staus auf der Straße waren allerdings unvermeidbar. Überraschend oft wurden Nummernschilder mit ML registriert und die Wagen zunächst angehalten. Wenn die Fahrer nicht zum Täterprofil passten, war die Beeinträchtigung des Verkehrsflusses nur gering. Sie wurden schnell weitergewunken. Aber bald verengten doch an die Seite gelenkte Pkws die Fahrbahn. Das zeigte Auswirkung auf die Gemüter der Fahrzeuglenker. Man musste schon bald erboste Fahrer über Lautsprecher beruhigen, was allerdings nicht immer gelang. Besonders hitzige unter ihnen stiegen aus und machten auf Krawall. Sie lamentierten, einen wichtigen Geschäftstermin zu versäumen und drohten, die Beamten ersatzpflichtig zu machen. Doch die waren so etwas gewohnt und übten sich in Gelassenheit. An keinem der drei Tage kam es deshalb zu einem wirklichen Eklat oder gar einer Handgreiflichkeit. Die Fahrer, die einen Speicheltest zunächst verweigerten, wurden in der Mehrzahl gefügig, als sie hörten, dass sie unter diesen Umständen mit zum Verhör auf die Polizeistation kommen müssten. Nörgelnd und erbost ließen die meisten von ihnen den Test über sich ergehen. An den drei Tagen kamen auf diese Weise 2000 Tests zusammen. Die verursachten rund 20.000 Euro Analysekosten. Mindestens weitere 20.000 Euro summierten sich an Ermittlungskosten auf. 50 weitere Personen mussten einem Verhör unterzogen werden. Danach konnten 20 ausgeschlossen werden. Zehn weitere stimmten einem Haartest zu und konnten danach ausgesondert werden. Genauso erging es fünf Linkshändern. Nur die restlichen 15 wurden ohne Alibi oder Ausschlussgrund unter der Rubrik »Verdächtige ohne erkennbares Motiv« registriert. Für sie reichten aber die Erkenntnisse für eine Verhaftung nicht aus.

Das Untersuchungsergebnis der Tests sollte nach fünf Wochen vorliegen. Kriminalhauptkommissar Müller war sich im Klaren, dass mit der Kostengröße dieses Massentests das Budget ausgeschöpft sein würde. Weitere Tests würden ohne gewichtigen Grund keine Zustimmung finden. Staatsanwalt Reuter hatte das im letzten Gespräch schon deutlich gemacht. Nun hieß es erneut: »Mit Geduld und Spucke« auf ein positives Ergebnis warten.

Die Mitglieder der Mordkommission Kati gingen für diese Zeitspanne wieder ihrer normalen Tätigkeit nach. Nur Kriminalhauptkommissar Müller übernahm es, die bisherige Polizeiarbeit zu dokumentieren, nicht zuletzt, um auch Fehler und Lücken in ihr aufzuspüren. Er hielt auch die Ausgangslage fest, auch seine private:
Die Statistik der Polizei wies mittlerweile im Jahr über 1000 Mordfälle in Deutschland auf. Zwei Drittel davon betrafen Mädchen unter 14 Jahren.
70 Aktenordner mit mehr als 60.000 Seiten hatten sich zum Fall Kati inzwischen angesammelt.
Als Albtraum in der Nacht sah Felix Müller immer wieder den schweren Körper des Mörders auf der kleinen Kati liegen. Das Schlimmste dabei war, dass er dem armen Mädchen nicht helfen konnte. Seine Aufzeichnungen hatten deshalb wenigstens die Funktion, darzulegen, wie gründlich und vielfältig sein Team ermittelt hatte:

Die Arbeit war ausnehmend schnell nach dem Verschwinden von Kati eingeleitet worden. Das oft benutzte Schutzwort »nicht vor 24 Stunden« wurde vom örtlichen Polizeichef nicht in den Mund genommen.

Der Suchtrupp aus Beamten und Privatpersonen war in Bestzeit organisiert worden. Spezialisten der Feuerwehr, Hundeführer mit Leichenspürhunden und normalen Suchhunden kamen genauso zum Einsatz wie ein Helikopter. Kein technisches Mittel wurde ausgelassen. Der Einsatz von Tauchern war entbehrlich. Die Wasser im Moor waren flach und von den Leichenspürhunden auf Flößen überprüfbar.
Die Auswahl der Hilfsmittel zeigte große Ortskenntnis der Beamten in Führungsaufgaben.

Das Suchgebiet war durch die ständigen Spaziergänge von Katie im Wittmoor vorgegeben und wurde so lange weitflächig abgesucht, bis der Reiter Dieter Heinemann das Suchgebiet durch das Finden der toten Kati auf einen engeren Bereich verdichtete.

Am Fundort der Leiche wurden mithilfe der anwesenden Spezialisten erste, wichtige Besonderheiten erkannt:
Kati war erwürgt und mit großer Wahrscheinlichkeit geschändet worden.

Der Ablageort der Toten war nicht der Tatort. Auf dem nackten Vorderleib befanden sich Erdanhaftungen, die nicht aus der Gegend stammten. Die hintere Körperhälfte hatte hingegen Anhaftungen der örtlichen Flora und wies Schleifspuren auf. Kati war vom Hauptweg durch den engen Nebenweg ins Buschwerk gezogen worden und fand in einem Busch mit einer Öffnung, die einem Kirchenschiff glich, einen verborgenen Ruheplatz. Die genaue Untersuchung der Ablageregion brachte zu Tage, dass der enge Weg weiterging bis zu einer Straße, was zu der schlüssigen Folgerung führte, von hier aus sei der Mörder gekommen, um Kati im Buschwerk zu verbergen.

Am Körper der Toten fand sich ein Fremdhaar, und im rückwärtigen Bereich befanden sich Anhaftungen von Fremdberührung. Sie wurden fachmännisch versorgt und zeigten sich nach ihrer Analyse als äußerst aufschlussreich.

Katis ausgestochenen Augäpfeln wurde glaubhaft kultische Bedeutung zugemessen.

Der auf den Hinterkopf ausgeführte Schlag hatte sie mit großer Sicherheit bereits am Tatort ruhiggestellt und dort die Schändung und den Mord ohne Gegenwehr ermöglicht. Das erklärte das Fehlen von Abwehrspuren.
KHK Müllers anschließende Revision der Arbeit seiner Mordkommission und der zugezogenen Fachleute brachten Bestätigung ihrer Kompetenz:

Frau Professorin Dr. Rüstig hatte mit ihren Untersuchungen den größten Anteil an den wichtigen Erkenntnissen zum Täter. Die DNAs auf dem gefundenen Haar und aus der Spurenanhaftungen auf der Leiche, die während der

Vergewaltigung entstand, waren nach ihrer Prüfung dieselbe. Das Haar gehörte also zum Mörder, und das brachte große Erkenntnisse zur Person des Täters:

Aus ihrer Analyse eines Mikroteils des Haares mittels Feststoffprobenahme konnte die Professorin verlässliche Angaben zum Alter des Täters und zu seiner Herkunft machen (hellhäutig, passend zur Hamburger Region).

Die vom Täter hinterlassenen Würgemale am Opfer zeigten durch ihre Ausprägung, dass sie von einem Rechtshänder stammten.

KK Kordt rundete mit seinem Täterprofil die Kenntnis über die Persönlichkeit des Täters weiter ab: Er geht planerisch vor; benutzt für die langen Strecken einen Pkw; er benötigt für seine Aktivitäten überdurchschnittliche Kräfte, ist deshalb athletisch und stark; gewaltbereit; sucht mit sadistischen Zügen sexuelle Handlungen an einem willenlosen Opfer; er ist affin für Mythos und Religion (Ausstechen der Augäpfel); er möchte nicht enttarnt werden und ist ohne Reue.

Die Paläontologie lieferte eine schlüssige Vorstellung dazu, wo der Tatort lag. Die Anhaftungen von Sedimentgestein-Spuren auf dem Vorderleib der Toten wiesen auf das Herkunftsgebiet Harburger Berge.

KK Kordt hatte mit der sogenannten Kreishypothese den Durchschnitt des Kreises um Ablageort, Tatort und Wohnort logisch abgeleitet. Ein Sicherheitszuschlag wurde gewählt, um Schätzfehler auszugleichen.

Die Zusammenarbeit mit den Medien wurde zügig und professionell gepflegt. Müller sah keine Gründe für Beanstandungen. Auch die ausgelobte Belohnung für wichtige Hinweise auf den Täter waren der Höhe nach nicht zu hinterfragen.

Der Ausschluss von Max Bertram als möglichen Täter ergab sich zwingend aus den Beweisen nach dem mit ihm durchgeführten Verhör.

Zuletzt analysierte Müller die beiden vorgenommenen Massengentests auf mögliche Lücken. Bei dem Test zu den sexuellen Straftätern erkannte er folgende denkbaren Fehleinschätzungen:

Der gewählte Radius des Untersuchungsgebietes konnte trotz des Sicherheitszuschlages noch zu eng gewesen sein.
Irgendeiner der Täter war durch ein Versagen in der Datenerfassung nicht aufgenommen worden.
Ihr Täter war ein unentdeckter Ersttäter und hatte deshalb keine DNA-Eintragung in der Datenbank.
Der Täter könnte von weit her gekommen sein. Dagegen sprach aber nach Müllers fester Überzeugung seine profunde Ortskenntnis am Ablageort und am Tatort.

Auch bei der Überprüfung der Pendler waren gewisse Lücken geblieben, hielt er in seiner Nachbetrachtung fest:
Neben der überprüften kürzesten Straßenführung gab es noch zwei andere: Man konnte die B75 und die B4 134 wählen, nahm dann aber 40 Kilometer und 42 Minuten längere Fahrzeit in Kauf. Daneben gab es noch die Möglichkeit der Anfahrt über die L213 und L222 mit 36 Kilometern Fahrstrecke und 44 Minuten Dauer. Sie hatten die günstigste und damit wahrscheinlichste Strecke gewählt.
Die zugrunde gelegten drei Tage für den Test boten natürlich auch keine Sicherheit, den Mörder zu erfassen. Doch selbst eine Prüfung über die ganze Woche hin hätte die nicht gebracht. Der Täter hätte Urlaub haben oder krank sein bzw. im Home-Office geblieben sein können. Vielleicht hatte er sogar seine Lebensgewohnheiten inzwischen ganz geändert und arbeitete an einem anderen Ort. Der Kriminalhauptkommissar fand bestätigt, dass man in jedem Fall mit Lücken leben musste. Die getroffenen Entscheidungen boten aber eine hinlängliche Wahrscheinlichkeit, den Täter zu erfassen. Damit war die Durchführung des Tests in dieser Weise gerechtfertigt. Möglicherweise hatte nur das kleine Quäntchen Glück gefehlt, das man zum Erfolg brauchte.

Zwei wichtige Möglichkeiten, die noch zur Überführung des Täters führen konnten, hielt er fest:
Die Klärung des Verbleibs der Kleidung von Kati sowie des Goldkettchens mit dem Sternzeichen Waage.
Eine zusätzliche Hoffnung hegte er: Einen Fanatiker wie den Täter plagten meistens Zweifel. Vielleicht konnte man ihn dabei noch packen.

Ob es sich um einen sehr gefährlichen Täter handelte, besonders ob weitere Taten und/oder eine Steigerung der Brutalität zu erwarten waren, konnte man einfach nicht einschätzen.

Nach mehrmaligem Kontrolllesen war Müllers sich sicher, alle relevanten Punkte festgehalten zu haben.

DAS ERGEBNIS DES ZWEITEN MASSENTESTS BRACHTE ERNÜCHTERUNG UND BEDAUERLICHE ERKENNTNISSE

Die Auswertung des DNA-Massentests dauerte zwei Monate. Dann kam die niederschmetternde Nachricht: Der Täter konnte wiederum nicht ermittelt werden. Die einberufene Mordkommission traf deshalb den einstimmigen Beschluss, den Fall Kati fürs Erste ruhen zu lassen. KHK Müller hatte die unschöne Aufgabe, diesen Entscheid der Staatsanwaltschaft bekanntzugeben. Er fühlte sich ausgelaugt, müde und zögerte den Besuch noch zwei Tage hin, in denen er die bisherigen Bemühungen zu einem vorläufigen Abschluss brachte. Vom Gefühl her immer noch Optimist, glaubte er fest daran, dass dies nicht das Ende war. Er würde weiter darüber nachdenken, ob herkömmliche Polizeiarbeit statt Massen-DNA-Analyse doch noch zum Täter führen konnte. Sich weiter mit dieser Frage zu beschäftigen, konnte ihm keiner verwehren. Aber ein neuer Mordfall band bald schon wieder seine ganze Kraft.
Ihm blieben nur die freien Wochenende als Zeitraum, in dem er über seine Herzensangelegenheit nachdenken konnte.

KHK Müller schwitzte, trotz des offenen Seitenfensters seines Audis. Er hatte einen schweren Gang vor sich und musste Staatsanwalt Max Reuter über die Notwendigkeit des vorläufigen Endes der Ermittlungen informieren.

Müller stand bereits vor dessen Bürotür, klopfte, und auf das laute »Herein« trat er ein. Die gebotenen Worte hatte er sich zurechtgelegt, doch das Gespräch sollte nicht ganz nach seiner Regie verlaufen:
»Die Ermittlungen sind abgeschlossen, zwar ohne Erfolg, aber hoffentlich nur vorerst. Der Bericht liegt auf Ihrem Schreibtisch. Ich bitte Sie, mit daran

zu glauben und zu arbeiten, dass wir Gründe finden, den Fall bald wieder aufzurollen. Obwohl, zurzeit beschleicht mich eher das Gefühl, ich bewege mich auf einer Marathonstrecke und komme niemals zum Ziel.«

Staatsanwalt Reuter nickte und murmelte leise: »Das werde ich tun. Die Hoffnung ist wie Zucker im Kaffee.«

Bei diesem Ausspruch nahm er einen Schluck des gesüßten Gebräus aus seiner Tasse.

KHK Müller sah ihn dankbar an und erwiderte: »Das waren gute Worte. Denn wenn so ein Mordfall klanglos im Sand verläuft, verspürt man einfach nur Scham.«

Der Staatsanwalt versuchte, ihn aufzumuntern: »Knicken Sie nicht ein, wenn Sie die erste Schlacht verloren glauben. Wir brauchen einen längeren Atem. Wir wollen doch den Krieg gewinnen. Versuchen Sie, die Herausforderung anzunehmen. Streben Sie den Härtegrad 10 an. Werden Sie ein Diamant!« Er lachte leise über seine blumigen Worte, die er gelungen fand, packte an seine Brille und sah den Kriminalhauptkommissar fragend an.

»Ich mache jetzt Urlaub«, schob er nach.

»Wo geht es denn hin?« Müller ließ sich durch den Einwurf für einen Moment ablenken.

»Wir fahren mit dem Schiff durch die norwegischen Fjorde.«

»Das passt.«

»Wieso denn?« »Naja, ein Mann, ein Fjord eben.«

Der Staatsanwalt lachte erneut. Er nahm alles nicht so schwer wie sein Lieblingskriminaler.

»Ich könnte dauernd Urlaub machen«, meinte er dann.

»Dem kann ich nicht folgen. Da glaube ich lieber an Bernard Shaw: ›Urlaub ohne Unterlass wäre ein gutes Training für den Aufenthalt in der Hölle.‹ Ich brauche meine Arbeit und daneben würde sogar ab und zu ein bisschen Urlaubsfeeling im Garten reichen. Doch da würde die Familie nicht mitspielen.« Der Kriminalhauptkommissar war für den Moment etwas locker geworden. Es war ungewöhnlich, dass er private Dinge von sich preisgab. Er erkannte das und wollte das Wortgeplänkel beenden. Beim Verabschieden war er schon wieder in dunkle Gedanken versunken. Er fühlte sich schlecht und verfiel in eine übliche Unsitte. Wenn er nicht weiterkam, musste er sich irgendwie verwöhnen. Dieses Mal flüchtete er sich in eine Fressattacke. Schokoriegel, Gummibärchen, Lakritze sowie Chips und Erdnüsse wurden seine »Spezialdiät«. Sein sonst liebenswerter Charakter war wieder mal ins Unerträgliche mutiert. Er merkte, wie seine Leute ihm aus dem Weg gingen. »Du bist nicht du selbst«, schimpfte er vor sich hin, aber das änderte nichts.

Doch in seinen Vorsätzen blieb er stur. Schon am nächsten Wochenende war er bereit zu planen, mit welchen Maßnahmen er den Fall Kati wieder ins Leben zurückbringen konnte.

Am Sonntagabend schaute er zufrieden auf das Resultat seines Brainstormings. Das nächste Wochenende konnte kommen!

Er hatte beschlossen, die Gegend vom Tatort sowie die vermeintliche Wohngegend des Täters einmal selbst gründlich in Augenschein zu nehmen. Das Gebiet der Harburger Berge war groß. Müller wollte mit logischen Folgerungen herausarbeiten, wo der Mörder seine Tat nach hoher Wahrscheinlichkeit beging.

Folgende Thesen stellte er an den Anfang:

Das Opfer war durch den Schlag auf den Kopf bereits im Wittmoor ruhiggestellt worden.

Der Mörder musste es von dort ungesehen zum Tatort bringen. Er schleppte die bewusstlose junge Frau durch den engen Weg, in welchem er Kati aufgelauert hatte, bis zur Hauptstraße, wo sein Wagen stand. Von dort fuhr er in die Harburger Berge.

Dort musste sich eine wenig einsehbare Parkmöglichkeit nahe am Netz der Wanderwege befinden, denn bis zu einem Wanderweg musste er Kati schließlich tragen.

Der mit grünen Schildern ausgeschilderte Wanderweg W1 Harburger Berge war als Rundweg besonders bekannt und beliebt. Die Rundwanderung war zehn Kilometer lang und führte über kleine Kuppen, Kammwege sowie Täler durch das hügelige Waldgebiet der Haake und Emme über Altwiedenthal in die Neugrabener Heide. Man wanderte teilweise über breite Forstwege, aber auch über schmale verwunschene Wanderpfade, die sich für die geplante Tat bestens eigneten. Diesen Wanderweg nahm er als Ausgangspunkt.

KHK Müller ging weiter davon aus, dass der Mörder die zu bewältigende Strecke bis zum Tatort so kurz wie möglich hielt. Vermutlich entschied er sich für den ersten Ort, der sicher erschien. Es kam nun darauf an, den wahrscheinlichen Anfang seines Fußwegs zu finden.

Der KHK suchte dafür einen geeigneten Parkplatz nahe dem Wandergebiet. Anhand einer Karte und von Auskünften aus dem Internet legte er sich auf vier Parkplätze fest. Die wollte er am nächsten Wochenende besichtigen.

Den Parkplatz an der Kärntner Hütte in Hamburg Hausbruch; den Parkplatz bei der S-Bahn-Haltestelle Neuwiedenthal, die Parkmöglichkeit am Museum Kiekeberg und den Parkplatz am Ehestorfer Heuweg nahm er in die engere Auswahl.

Die Woche über beschäftigte ihn sein neuer Fall:

Eine junge Frau war auf einem Parkplatz außerhalb von Hamburg-Duvenstedt ermordet worden. Ein Mann, der gerade zu seinem Auto ging, hatte die Tat von Weitem gesehen und mit seinem Mobiltelefon die Polizei herbeigerufen. Er wurde den Beamten keine große Hilfe. Er konnte den Täter nur vage beschreiben: hoch aufgeschossen, hager und schwarzhaarig. Der Täter konnte nach der Einschätzung des Zeugen ein Ausländer sein.
  Die Sanitäter kamen umsonst, die Frau war tot.
  Die Polizei war innerhalb einer Viertelstunde vor Ort. Sie sperrte die Umgebung ab und setzte zur Fahndung nach dem flüchtigen Täter einen Hubschrauber ein. Diese intelligente Maßnahme trug leider keine Früchte. Eine Mordkommission war umgehend eingerichtet und KHK Müller zu deren Leiter bestimmt worden. Die Spurensicherung nahm hinter Sichtschutzzäunen ihre Ermittlungsarbeit auf. Viele Schaulustige hatten sich eingefunden und das Errichten der Zäune notwendig gemacht. Ein Gerichtsarzt gab nach erster Inaugenscheinnahme eine Einschätzung zur Art der Tat ab. Er sprach von

»Tötung mit scharfer Gewalt«. Mit großer Wahrscheinlichkeit war eine Stichwaffe im Spiel. Das wurde später durch die Obduktion bestätigt.

Nachdem die Frau identifiziert worden war, gelang es, Kontakt zu ihrem Bekannten- und Verwandtenkreis aufzunehmen. Ihre jüngere Schwester konnte einen zielführenden Hinweis geben. Die Tote war bis vor Kurzem die Freundin eines Syrers. Sie wusste allerdings nur dessen Vornamen Adil und dass er 30 Jahre alt war. Sie beschrieb ihn als groß und hager. Ihre Schwester hatte ihn wegen seiner vielen Eifersuchtsszenen vor etwa einer Woche verlassen.

Die Beamten erinnerten sich an die vage Täterbeschreibung des Zeugen, welche der der Schwester sehr nahekam. Ein Fahndungsaufruf mit diesen Fakten brachte den Durchbruch. Unter dem Fahndungsdruck hatte sich der Syrer Mittwochnachmittag gestellt. Er hatte nach den wenigen Tagen auf der Flucht keinen Ausweg mehr gesehen, war wegen Mordes festgenommen und bereits am Tag darauf dem Haftrichter vorgeführt worden.

Bei KHK Müller hatte der schnelle Ermittlungserfolg zu großer Erleichterung geführt. Einen weiteren Klotz am Bein hätte er nur schwer ertragen können. Nun fühlte er sich befreit und bereit, sich fürs Erste wieder voll und ganz dem Fall Kati zu widmen.

Die Zeit bis zum Wochenende verging wie im Flug. Das Wetter war gut, nicht zu warm für seine Begehungen. Er hatte seinen kleinen Rucksack für die Tour gepackt, hatte Naschzeug dabei, auf das er zurzeit nicht verzichten konnte, eine Flasche Wasser und seine Kamera, denn er beabsichtigte, seine Feststellungen in Bildern festzuhalten und zu seiner persönlichen Akte zu nehmen.

Die Fahrt in das nahe Wandergebiet verlief zügig. Aber die Luft hatte sich unter dem Blechdach seines Wagens bald stark erhitzt. Müller schwitzte und öffnete das Fenster einen Spalt breit. Sofort verspürte er die Erfrischung und atmete genussvoll den kühlenden Luftzug ein. Gott sei Dank war er kein Raucher, die Luft blieb frisch.

Der Kriminalhauptkommissar war bereits gegen 10:30 Uhr vor Ort und begann mit dem Parkplatz bei der S-Bahn-Haltestelle (S 3 ab Hamburg Hbf.).

Diese Parkmöglichkeit verwarf er schnell, denn er musste erkennen, dass sein Weg zum Waldgebiet hin über 600 Meter an der Straße entlang ging. Es war damit keinesfalls garantiert, mit einer leblosen Jugendlichen auf den Armen ungesehen bis zum Wanderweg W1 zu gelangen. Außerdem war die Strecke zu lang für den Transport des Opfers ohne Hilfsmittel.

Danach fuhr er den Parkplatz an der Kärntner Hütte an. Auch den musterte er schnell aus. Der lag direkt an der Bundesstraße 73 (Cuxhavener Straße) und war sehr groß, denn er war auf die Gäste im Restaurant Kärntner Hütte ausgerichtet, das lange Öffnungszeiten bot. Hier hätte sich der Mörder mit seiner gefährlichen Fracht ebenfalls kaum ungesehen bewegen können.

Müller hoffte, bei der nächsten Anlaufstelle mehr Glück zu haben und fuhr Richtung Museum Kiekeberg. Wie der Name der Parkmöglichkeit schon sagte, musste er auch hier mit vielen Menschen rechnen. Der Parkplatz war für das Museum dimensioniert. Das Museum konnte sich zwei Euro Eintrittsgeld erlauben, wurde demnach oft besucht. Auch diesen Ort hatte der Täter mit Sicherheit nicht als geeigneten Eingang zum Wanderweg W1 empfunden.

Nun blieb noch der Parkplatz am Ehestorfer Heuweg übrig.
    Dort sah es schon ganz anders aus. Der Parkplatz war nicht asphaltiert, hatte nur einen festen Erdboden. Er bot nur fünf Fahrzeugen Platz. Die Plätze lagen direkt am Beginn des Wanderweges. Am Wegesrand leuchtete Moos an abgestorbenen Baumstämmen. Plötzlich sprang links vor dem Kriminalisten ein Reh ins Buschwerk ab. Hier fand er pure Natur. In der Dunkelheit würde man spätestens nach 20 Metern Fußweg zwischen den Bäumen unsichtbar werden. Dann sah man einen Menschen nicht mal mehr als Schattengestalt. Er stellte sich den Mörder darin vor, breitschultrig, gekrümmt unter seiner unhandlichen Last. Dieser Einstieg war geeignet für den Mord und die Vergewaltigung. Die Waldstruktur eignete sich jedoch nicht für die Ablage eines Opfers. Sie war bei Tageslicht zu gut einzusehen. Eine Leiche würde von vorbeikommenden Wanderern, möglichst noch mit Hund, schnell entdeckt. Hier hatte der Mörder sein Opfer wirklich nicht

zurücklassen können, auch deshalb nicht, weil dann das Fahndungsgebiet seinem Wohnort zu nahe gekommen wäre.

Allerdings hätte es ohne Müllers Überlegungen zum Verhalten des Mörders zu einem ganz anderen Tathergang kommen müssen. Der Mörder hätte sein Opfer wahrscheinlich in einer anderen Region gesucht bzw. getötet. Müller wäre dann gar nicht mit dem Fall betraut worden.

KHK Müller war sich nicht sicher, ob das in seinem Sinne gewesen wäre. Der Fall hatte ihn schließlich tief betroffen gemacht, und er wollte die schwere Aufgabe, den Mörder zu überführen, nicht missen. Ihm wäre es nur ganz ohne Mord lieber gewesen. Doch mit dieser Möglichkeit musste er sich gar nicht beschäftigen. Der Täter hatte erkennbar für einen Mord und eine Vergewaltigung einen starken Drang verspürt, und die Annahmen des Kommissars waren realistisch.

KHK Müller schaute sich um und fühlte, dass er hier für die Bestimmung des Tatorts richtig war. Er wollte sich für diese Erkenntnis belohnen und fuhr zurück zur Kärntener Hütte. Das Holzhaus nahm ihn schon von außen stark ein. Vier Steinstufen führten ihn zur Eingangstür. Drinnen war es so urig gemütlich, wie er es schon von draußen vermutet hatte. Geschnörkelte Messinglampen hingen von der Decke. Die Esstische waren aus massivem Holz. Alte Gerätschaften und viele Bilder machten das Innere der Hütte sehr wohnlich. Der offene Kamin knisterte trotz der Hitze draußen. Das Feuer war nur für eine heimelige Stimmung entfacht. Im Winter wurde der eiserne Ofen viel stärker mit Holz gefüttert.

Nun musste nur noch die Essensauswahl passen. Müller hatte gehörigen Hunger. Er ließ sich als Erstes die Karte kommen und bestellte sofort ein großes österreichisches Bier. Pferdewurst und Pferdesteak standen zwar auf der Karte, aber danach stand ihm nicht der Sinn. Gäule sah er lieber lebend.

Er wählte vorab eine hausgemachte Leberknödelsuppe, danach ein großes Schnitzel Wiener Art mit Bratkartoffeln und einer sauren Essiggurke. Hinterher hatte er noch Appetit auf eine kleine Portion Kaiserschmarrn zusammen mit einem Milchkaffee. Er genoss die Speisen und Getränke und dachte endlich mal wieder nicht an den Fall Kati. Zufrieden machte er sich auf den Rückweg.

Zu Hause hörte er eine CD mit französischen Chansons, öffnete eine

Flasche Rotwein aus Bordeaux und las in einem guten Buch, das er schon zur Hälfte verschlungen hatte, mit Spannung weiter.

Die Beschäftigung mit dem Fall Kati verschob er auf das nächste Wochenende. Dann wollte er herausfinden, welche der beiden Ortschaften Buchholz und Neu-Wunstorf sich am besten als Wohnort des Täters empfahlen. Das Wochenende war ein Erfolgserlebnis gewesen. Er schlief gut und war am Montagmorgen gern wieder auf seinem Arbeitsplatz, hoffte allerdings, nicht allzu sehr von seinen Bemühungen im Fall Kati abgelenkt zu werden. Er hatte nämlich für das nächste Wochenende schon wieder konkrete Aktivitäten im Auge.

Dieses Mal ging es ihm darum, die Anfahrtswege von dem vermeintlichen Wohnsitz, entweder Buchholz oder Neu-Wulmstorf, zum Parkplatz persönlich abzufahren. Er hoffte darauf, während der Fahrten Stellen zu entdecken, auf denen sich öfters viele Menschen aufhielten und auch bei den Fahrten des Mörders Zeugen geworden sein konnten. Er hatte vor, dort dann besondere Befragungen durchzuführen. Er studierte die Fahrtrouten auf einer Straßenkarte und in Routenplanern im Internet. Auf den Routenplanern waren sogar Radarmessgeräte für die Messung von Tempoüberschreitungen vermerkt. Für einen Moment freute er sich darüber, denn er hoffte, dort Bilder vom Mörder zu finden. Doch schnell legte sich seine Freude wieder, denn das war äußerst unwahrscheinlich. Dass ein Mann aus der Gegend diese stationären Geräte nicht kannte und deshalb sein Tempo nicht drosselte, konnte er sich nicht vorstellen. Außerdem waren die Fotos vom Tattag längst schon gelöscht. Er musste Realist bleiben.

Die Fahrt von Buchholz aus war mit rund 21 Kilometern erheblich länger als die von Neu-Wulmstorf. Von dort aus benötigte man nur etwa acht Kilometer und brauchte entsprechend nur zehn Minuten bei normalem Verkehrsaufkommen.

Der Kriminalhauptkommissar hatte vor, von den Ortschaften aus den Parkplatz erst spät anzufahren. Er wollte die Region des vermeintlichen Tatorts einmal, wie auch der Mörder, im Dunklen sehen. Er wollte, dass es richtig dunkel war, und nicht nur Dämmerung herrschte. Müller wusste, dass die in

Norddeutschland im Sommer länger andauerte als im Winter, weil im Sommer die Sonne nicht so tief unter den Horizont sank. Völlige Dunkelheit trat erst zwischen 21:30 und 22 Uhr ein. Er konnte also viel später als das letzte Mal anfahren und hatte so fast den ganzen Tag für sich privat.
Vorerst wollte er aber wenigstens die Routenbeschreibungen schriftlich festhalten und auswerten.

Die Abfahrt von Buchholz ging über die B75 Richtung Hamburg. Diese Bundesstraße verlief einst durch vier Bundesländer: Schleswig-Holstein, Niedersachsen, Hamburg und Bremen und endete erst vor den Niederlanden. Heutzutage endete sie bereits in Delmenhorst und war in Teilstücken durch die Autobahn ersetzt oder zur Landstraße bzw. Kreisstraße herabgestuft worden. Die Straße war 13 Kilometer zu befahren. Dann musste man auf die Ehestorfer Straße links abbiegen. Die typischen roten Backsteinhäuser begleiteten ihn auf der Fahrt. Die Ehestorfer Straße mündete nach etwa sechs Kilometern in einen Kreisverkehr. Die zweite Ausfahrt führte auf den Ehestorfer Heuweg. Dort war das Ziel schon fast erreicht. Nach einem Kilometer lag der Parkplatz auf der rechten Seite. Diese Wegbeschreibung war so einfach, dass Müller glaubte, sie im Kopf behalten zu können.

Die Fahrt Neu-Wulmstorf zum Parkplatz war sogar noch einfacher zu merken: In Neu-Wulmstorf fuhr man auf die B73 auf, dort hieß sie Hauptstraße. Vor der Auffahrt war empfohlen, auf die Geschwindigkeitskontrolle (maximal 50 Stundenkilometer) zu achten. Dort stand ein Radarmessgerät. Nach einiger Zeit hieß die B73 Cuxhavener Straße. Auf der Höhe Hausbruch ging es rechts ab, am Sportplatz Jägerhof vorbei, in den Ehestorfer-Heuweg, an dem der Parkplatz lag.

Der Kriminalhauptkommissar beschloss, mit der Anfahrt von Buchholz aus zu beginnen. Von da war es dann kürzer, nach Neu-Wulmstorf zu fahren, um die zweite Fahrt durchzuführen.
Für heute reichte ihm die Vorarbeit. Er beschloss, noch einmal vor die Tür zu gehen, um frische Luft zu schnappen. Dann waren noch ein paar Pilze in seinem Stammlokal angesagt. Er war total verkrampft vom vielen Sitzen,

und das noch mit auf die Karte abgesenktem Kopf. Da würden die Bierchen »erste Hilfe« leisten.

Felix Müller hatte sich vorgenommen, den Samstag bis zu seiner Tour Richtung Harburger Berge endlich mal wieder sportiv zu nutzen. Der Tag war sonnig, genau richtig für das Schwimmbad, und dort wollte er hin. Der Hauptkommissar war schon lange nicht mehr im Schwimmbad gewesen.

Er freute sich auf den heutigen Besuch. Müller packte zunächst seine Sachen für die abendliche Recherche ein, dann noch eine Tasche mit Handtuch, Sonnencreme, Badehose und einem Buch. Nach einem Frühstück mit Rührei und Schinken machte er sich auf den Weg.

Anscheinend hatten viele Menschen die gleiche Idee gehabt. Am Eingang des Schwimmbads hatte sich bereits eine lange Schlange gebildet, doch er hatte Zeit. Als er an die Reihe kam, bezahlte er sein Ticket. Es war gegenüber der Vorsaison merklich teurer geworden. Er ging nicht in die Umkleidekabine, denn dort stand man ebenfalls an. Er wollte seine Badehose unter dem großen Handtuch anziehen. Als er fertig war, cremte er sich sorgfältig ein. Er war sehr empfindlich gegen zu viel Sonne und hatte Angst vor Hautkrebs. Schließlich ging er Richtung Beckenrand.
 Er hatte große Lust, mit einem Körper ins Becken zu springen. Doch vom Rand her war das nicht gestattet. Also ging er Richtung Sprungturm und sprang vom Ein-Meter-Brett.
 Das Wasser war wunderbar weich und gar nicht kalt. Er tauchte fast eine Bahn mit offenen Augen. Die bunten Fliesen am Boden des Beckens flogen unter ihm vorbei. Als er auftauchte, ließ er Luftblasen aus seinem Mund aufsteigen.
 Müller schüttelte sich das Wasser vom Gesicht. Draußen auf der Wiese spielten Kinder mit dem Ball und rannten um die Wette. Im Kinderbecken versuchten sich einige kleine Jungen gegenseitig unterzutauchen. Ihre Lebensfreude steckte ihn an. Für einen Moment vergaß er seine Probleme.
 Er hatte sein Handtuch aus Furcht vor der starken Sonnenbestrahlung in den Halbschatten gelegt. Dort machte er es sich erst nach 50 Bahnen Kraulen gemütlich. Einen Moment döste er nur, dann nahm er sein Buch zur Hand

und las. Die Muße währte nicht ewig. Um die Mittagszeit ging er zum Kiosk. Als er anstand, unterhielten sich Jugendliche vor ihm über alles Mögliche: Schule, Hobbys, Filme, Musik. Müller wurde mit ihrem sorgenfreien Gequatsche gefühlt immer jünger. Er wusste, dass es am Kiosk eine herrliche Currywurst mit Pommes gab. Dazu wollte er eine eiskalte Limonade nehmen. Dafür lohnte sich das Anstehen.

Am frühen Nachmittag döste er noch immer auf seinem Strandlaken. Oben am Himmel sah er ein paar Wolken vorbeiziehen. Er fühlte sich zufrieden und entspannt. Nur zögerlich wechselten seine Gedanken hinüber zum »Projekt Harburger Berge«. Müller beschloss, noch eine Runde zu schwimmen, bevor er sich auf den Weg dorthin machte. Gegen die Wärme draußen fühlte sich das Wasser kühl und frisch an. Seine Schwimmbewegungen lockerten seine Muskeln. Das tat gut. Als er wieder Boden unter den Füßen hatte, lächelte er.

Er trocknete sich ab, zog sich an, packte seine Sachen und war bereit für den geplanten Trip.

Als der Kriminalhauptkommissar vor Buchholz angekommen war, war die Dämmerung schon weit fortgeschritten. Er sah auf seine Armbanduhr. Es war bereits 21 Uhr. Bis er den Parkplatz erreicht hatte, würde es vollständig dunkel sein. Er machte sich gemütlich auf den Weg. Die Wegbeschreibung lag neben ihm auf dem Beifahrersitz, doch er wollte versuchen, den richtigen Weg ohne Hilfsmittel zu finden. Er hatte ihn sich eingeprägt und war stolz, dass dies klappte. Nur ein Gasthaus auf der Harburger Straße, das noch Licht hatte, schien ihm geeignet für eine Nachfrage nach Zeugen am Tattag. Er vermerkte sich den Namen auf einem Zettel.

Als er in den Parkplatz einbog, sah er im Licht seiner Scheinwerfer zufrieden, dass alle fünf Parktaschen frei waren. Als er die ausmachte, herrschte völlige Dunkelheit. Nach ein paar Schritten befand er sich bereits zwischen den Bäumen. Es lag eine Stille über dem Wald. Die hätte ihn automatisch flüstern lassen, wenn jemand bei ihm gewesen wäre, dachte er. Nach einer kurzen Eingewöhnungszeit begann er in der Stille Geräusche zu hören. Es raschelte und scharrte vor ihm. Ein geheimnisvolles Plätschern ließ ein nahes Bächlein vermuten. Eine Eule hörte er. Tiere schienen in der Ferne durchs Unterholz zu ziehen.

Er hatte genug gesehen und gehört und fuhr, unbehelligt von einem anderen »Nachtwandler«, nun Richtung Neu-Wulmstorf.
Von dort aus überprüfte er sodann die zweite Anfahrt. Auf dem Weg interessierte ihn nur der Sportplatz Jägerhof. Wenn dort am Tattag eine Veranstaltung war, lohnte sich eine Zeugenabfrage. Ansonsten blieb er von unangenehmen Dingen verschont. Inzwischen reichlich müde, fuhr er gegen Heimat und freute sich auf sein Bett.

Kriminalhauptkommissar Müller hatte den Sonntag genüsslich vergammelt, hatte keinen Moment der Langeweile und war montags gut in die Woche gestartet.

Um die Mittagszeit konnte er sich mit der Lokalreporterin Veronika Schlüter für ein schnelles Mittagessen am Imbiss verabreden. Er erzählte ihr von seinen neuen Überlegungen für weitere Nachforschungen im Fall Kati. Veronika Schlüter war sofort bereit, einen Aufruf in der Zeitung zu platzieren, in der Hoffnung, dass irgendjemand am Tattag im Hotel oder beim Sportplatz Jägerhof etwas Verdächtiges gesehen hatte.
Der Journalistin gelang es sogar, die lokale Presse von Buchholz und Neu-Wulmstorf zu gleichen Veröffentlichungen zu bewegen. Leider brachten die Aufrufe keine Resonanz. Blieb nur zu hoffen, dass er den unbekannten Mörder vielleicht zu einer unbedachten Tat bewegte.

Felix Müller lief Staatsanwalt Reuter per Zufall über den Weg. Die beiden Männer begrüßten sich freudig. »Haben Sie einen Moment Zeit? Mit Ihnen ist es immer wertvoll, zu sprechen. Vielleicht können wir zusammen einen Kaffee trinken. Für mich ist es genau die richtige Zeit«, bot Max Reuter an. »Vielleicht interessiert Sie ja auch, wie mein Urlaub war.«
Der KHK war gern einverstanden. Er hatte Zeit und pflegte, wo immer möglich, ein gutes Verhältnis. »Das wäre sehr nett, wenn Sie mir von Urlaub berichten würden. Vielleicht finde ich doch noch Geschmack daran.«
Reuter strahlte ihn an, er hatte diese Frage selbst hervorgelockt und ließ sich nicht lumpen, sie zu beantworten. Er erzählte nun davon, als hätte er erst gestern alles erlebt: »Es war eine faszinierende Reise durch eine der schönsten Naturlandschaften der Welt. Lassen Sie mich einige besonders

schöne Einblicke anführen: Bergen begrüßte uns freundlich mit seinen bunten Kontorhäusern und mittelalterlichen Kirchen. Am Geiranger Fjord erlebte ich eine spektakuläre Naturkulisse mit den Sieben Schwestern, sieben nebeneinander stürzende Wasserfälle, die zu den höchsten Europas gehören. In Trondheim konnte ich den Nidarosdom, einen der größten Sakralbauten Norwegens, und den Palais Stiftsgården, den größten Holzbau Nordeuropas, bewundern. Ich hatte mich aus Zeitgründen auf die Reise nicht besonders vorbereitet. Deshalb war ich sehr erstaunt, dass Ålesund im wunderschönen Jugendstil erbaut worden war. Damit begann man 1904. Ein Großbrand hatte die alte Stadt zerstört. Besonders sehenswert waren auch die vielen idyllischen kleinen Gemeinden, wie Eidfjord zum Beispiel. Das Städtchen ist umgeben von steilen Berghängen, tosenden Wasserfällen und tiefblauen Fjorden. Die Lebensweise ist beschaulich und sehr traditionsgebunden. Haugesund zeigte sich als typische Fischer- und Hafenstadt. Dort habe ich den besten Frischfisch gegessen, der mir je auf den Tisch kam. Aber ich möchte Sie nicht langweilen. Dieser kleine Überblick sollte reichen. Ich hatte jedenfalls bisher keinen ähnlich schönen Urlaub erlebt. Sind Sie immer noch in Ihren Gedanken am Mordfall der armen Kati dran?«, wollte Reuter noch wissen.

Er sah Felix Müller fragend an. Der zögerte einen Moment, bestätigte schließlich, immer noch engagiert zu sein. Er blieb allerdings sehr vage, denn er hatte ja nichts zur Hand, um den Staatsanwalt für eine Wiederaufnahme des Falles zu bewegen. So fand das nette Gespräch ein schnelles Ende. Geschadet hat es bestimmt nicht, mit Max Reuter in gutem Einvernehmen zu bleiben, dachte der KHK auf der Fahrt zu seinem Büro.

DIE »SIEBEN MAGEREN JAHRE« BEGANNEN

Die Zeit flog dahin, nicht in Tagen, nicht in Monaten, sondern in Jahren, ohne dass sich im Mordfall Kati etwas tat. Doch innerhalb der Familie und in ihrem Umfeld passierte einiges. Nach vier Jahren zog Familie Bertram von Duvenstedt nach Hamburg-Rahlstedt um. Immer wenn die Bertrams dem Ehepaar Meyer begegneten, roch es in der Luft nach Schuldzuweisung und Ärger. Ohne ihren Strolch würde Kati noch leben, stand unausgesprochen zwischen ihnen. Das konnten die Bertrams einfach nicht mehr ertragen. Auch ihr Sohn Max, der inzwischen volljährig war, litt mit ihnen. Zum einen hatte er mit Kati seine einzige geliebte weibliche Freundin verloren, zum anderen wurde selbst während der Trainingsrunden im Fußballverein über die Schuld seiner Familie am Tod von Kati getuschelt. Er fühlte sich sogar selbst ein wenig schuldig, weil er Kati damals alleine ins Moor gehen ließ, und war deshalb außerstande, sich gegen diesen unschönen Klatsch zur Wehr zu setzen.

Die beiden früher befreundeten Familien verloren sich durch diesen Umzug völlig aus den Augen. Erinnerungsfetzen an das schlimme Schicksal von Kati verflogen in Rahlstedt bald. Die Bertrams fanden einen neuen Freundeskreis, der von der Geschichte des Mords in keiner Weise berührt war. Die neue Heimat bot viele Anreize für Fahrradtouren und kleine Wanderungen. Die Lebenslust kam zurück. Katis Geschichte verschwand unter dem gnädigen Umhang des Vergessens.

Paul Meyer war und blieb verbittert. Katis Schicksal schien ihm nicht gerecht. Auch im geschäftlichen Umgang mit seinen Kunden hatte er die gewohnte Leichtigkeit verloren. Er war oft brummig und barsch. Ein Umsatzrückgang blieb nicht aus. Bald wurde er auch noch kränklich.

2006, im sechsten Jahr nach dem Mord, nahm dies gefährliche Züge an:

Paul Meyer erlitt ohne Vorankündigung einen Schlaganfall. Es kam zu einer plötzlichen Unterbrechung der Durchblutung seines Gehirns. Symptome wie Schwäche, Taubheitsgefühl, Sprachprobleme, Sehverlust, Verwirrtheit und Kopfschmerzen waren zunächst die Folge. Sprachprobleme, Sehverlust und Verwirrtheit bildeten sich nach einiger Zeit zurück. Doch mit dauernden Kopfschmerzen, Schwächegefühlen und Taubheit fühlte er sich nur noch wie ein halber Mensch. Zum ersten Mal in seinem Leben musste er reichlich Tabletten schlucken, zur Vorbeugung von Blutgerinnseln und zur Senkung des Blutdrucks und des Cholesterinspiegels. Diese vorbeugenden Maßnahmen erwiesen sich nicht als Schutzschild. Innerhalb kurzer Zeit ereignete sich nach dem ersten Schlag ein zweiter. Die bestehenden Symptome verstärkten sich, und neue kamen hinzu. Er bekam des Öfteren Krampfanfälle, litt an Schwellungen und, zwar selten, an Blutungen. Das Leben verlor für den ehemals kraftvollen Mann fast vollständig an Wert. Es schien, als wolle er ohne jegliche Gegenwehr ein Ende herbeiführen. Der dritte Schlaganfall verursachte irreversible Hirnschäden. Paul Meyer verlor das Bewusstsein und merkte schon gar nicht mehr, wie der Tod ihn in seine Arme zog. Er hörte auf zu atmen und erlitt einen Herzstillstand. Auf seinem Totenschein war Gehirntod nach Herzstillstand vermerkt. Trotz der hohen Qualität seiner Heilbehandlung hatte seine Todessehnsucht gesiegt.

Roswitha Meyer war nun Witwe. Die starke Schulter, an die sie sich einen Großteil ihres Lebenswegs hat anlehnen können, war nicht mehr da. Ihre gewohnte Stütze hatte sie als gebrochene, schwache Frau einfach zurückgelassen. Sie wurde nun ebenfalls verbittert. Ihre Haut war fahl geworden. Um die Augen hatten sich dunkle Ringe gebildet. Ihre Figur ging langsam aus der Façon, doch die Kleidung blieb immer sauber und korrekt. Sie zog sich aus der Öffentlichkeit fast ganz zurück.

Nur bei allen kirchlichen Veranstaltungen war sie zugegen. Ihren Glauben hatte sie nicht verloren.

Als Pfarrer Hamacher am Duvenstedter Markt zugunsten der Armen in seiner Gemeinde einen Trödelmarkt organisierte, war sie natürlich dabei. Als sie an den Tischen der Aussteller vorbeischlenderte, sah sie auf einem von ihnen mit reichlicher Schmuckauslage ein Goldkettchen mit dem Sternzeichenanhänger Waage. Er sah so aus wie der von Kati. Mit zittrigen Händen hob sie das Kettchen hoch und besah es aus der Nähe. Als sie den Anhänger umdrehte, erstarrte sie einen Moment. Es war etwas in ihn hineingraviert: »Für Gisela von ihrem Papa, Juni 1997«. Ihre Hoffnung, sie habe einen wichtigen Hinweis gefunden, löste sich in Luft auf. Roswitha Meyer fiel in ihren permanenten Trauerzustand zurück und wankte enttäuscht nach Hause. Sie war mit ihren Gedanken wieder nicht mehr im Hier und Jetzt, zeigte kein Interesse mehr daran, was jetzt zu tun war.

Im Kirchenchor sang sie immer noch mit. Auch dort war sie bemüht, die Erinnerung an ihre Kati wachzuhalten. Sie bat den Pfarrer immer wieder, am Ende der Übungsstunden Katis Lieblingslied anstimmen zu lassen. Bald gab es eine Überzahl an Sängern und Sängerinnen, die dann leise fragten: »Wer ist Kati?« Pfarrer Hamacher bot der trauernden Witwe trotzdem beharrlich den Trost, den sie in diesem Lied fand. Ein geheimes Einverständnis zwischen ihm und Roswitha Meyer stand unausgesprochen im Raum. Er gab ihr zusätzlich den Rat, psychologische Hilfe zu suchen. Sie hörte, wie immer, auf den frommen Mann. Die Psychologin versuchte ihr Bestes. Doch, da Roswitha Meyer nicht mithalf, sondern davon ausging, dass die Psychologie schon alles alleine richten müsse, wurde die Behandlung zu einer Nullnummer. Mit dem Pfarrer verlor die Witwe kein Wort darüber.

Ein täglicher Besuch auf dem Friedhof Alt-Duvenstedt war für Roswitha Meyer Pflicht. Nur unter dem zierlichen Grabstein aus Granit, auf dem Katis Name und Todestag standen, fühlte sie sich ihrer Tochter ganz nah. Eine Trauerweide schützte die Grabstelle mit ihren unzähligen herabhängenden Zweigen. Das Grab war, je nach Jahreszeit unterschiedlich, liebevoll geschmückt. Im Herbst und Winter überwog lila Heide, im Frühjahr stahlen sich Krokusse und Maiglöckchen von Stiefmütterchen umrahmt aus der Erde. Später blühte ein roter Rosenstock.

Man schrieb das Jahr 2007. KHK Müller war inzwischen zum Ersten Kriminalhauptkommissar (EKHK) befördert worden. Sein Dienstabzeichen hatte nun fünf silberne Sterne auf dunkelblauem Grund, und er gehörte der Besoldungsgruppe A 13 an. Sein Aufgabenfeld lag nun auf höherem Level. Er leitete einen Fachbereich und entwickelte eigenständig Konzepte. In bestimmten Fällen konnte er Durchsuchungen, Beschlagnahmen, Verhaftungen und Abhörmaßnahmen nun selber anordnen.

Trotz der Beförderung hatte ihn der Mordfall Kati nie losgelassen. Inzwischen hatte sich ein fast freundschaftliches Verhältnis zu der Reporterin

Veronika Schlüter entwickelt, die getreulich daran festhielt, den Mordfall in Abständen in Erinnerung zu halten, was nicht generell auf Gegenliebe stieß.

Es gab nämlich auch Stimmen, die meinten, man solle doch endlich aufhören nachzubohren, endlich Ruhe geben und sich damit abfinden, dass der Tod von Katie nie aufgeklärt würde. Nicht mehr nach so vielen Jahren jedenfalls. Der Täter sei längst über alle Berge, lebe irgendwo auf der Welt oder auch gar nicht mehr. Es fielen Sätze wie: »Lassen Sie mich in Frieden. Es hat noch niemandem geholfen, in der Vergangenheit herumzustochern. Was geschehen ist, ist geschehen. Der Tod ist doch eigentlich nur der größte Gleichmacher von allen.« Frau Schlüter kämpfte zäh darum, dass dieses schlimme Verbrechen an Kati ins Gedächtnis der Stadt eingebrannt blieb. »Ich dachte, Tote brauchen keine Schweigepflicht«, meinte sie bissig. Die Mehrzahl der Bürger blieb auch durch sie an der Stange.

Frau Schlüter wie Herr Müller wollten die Hoffnung, den Fall noch zu lösen, einfach nicht aufgeben. Es musste etwas wie Gerechtigkeit geben, kam sie auch noch so spät. Nach diesem grausamen Tötungsdelikt musste, wenn es einen Gott gab, reiner Tisch gemacht werden. Aber zu den Fragen: wann, wo und von wem das der armen Katie geschah, gab es immer noch viele Fragezeichen, welche die beiden vehement im Gespräch hielten. Sie starteten dann gemeinsam unterschiedlichste Öffentlichkeitsfahndungen in den Medien. Sie suchten nach verdächtigen Personen, fragten wieder und wieder nach Katis verschwundenen Kleidungsstücken oder dem Goldkettchen. Die Aufrufe wurden meistens in der näheren Umgebung durchgeführt. Die beiden ließen sich von fehlender Resonanz nicht entmutigen.

EKHK Müller behandelte zum Glück in seinem neuen Amt bei den Konzepten, die er entwickelte, insbesondere die Optimierung von Analyseverfahren. So war er auch im Hinblick auf den Fall Kati stets auf der Höhe der Wissenschaft. Dort behielt er alles im Auge, was sich tat, ob bei wissenschaftlichen Verfahren, bei deren Einsatz, deren Erfolgsquote, alles war ihm wichtig. Müller näherte sich zudem bald seinem Ruhestand, und es war ein großer Antrieb für ihn, nicht mit einem ungelösten Fall in Rente zu gehen. Diesen Antrieb hielt er allerdings tunlichst für sich.

»TEMPORA MUTANTUR ET NOS MUTAMUR IN ILLIS, DIE ZEITEN ÄNDERN SICH, UND WIR ÄNDERN UNS IN IHNEN.« (OVID, FASTI)

Um das Jahr 2009 setzte ein Umdenken in der Behandlung von Cold-Case-Fällen ein. EKHK Müller konstatierte die Zunahme grenzüberschreitender Kooperationen, die Erfolge zeitigten. Er analysierte sie im Detail, um daraus möglichst für den Fall Kati Honig zu saugen.

Müller beschloss, die nun privat fortgeführten Arbeiten am Mord an Kati mit einem digitalen Konzept zu begleiten, denn er wollte keine Arbeiten an seine Mitarbeiter vergeben, bevor berechtigte Gründe dafür vorlagen, den Fall wieder offiziell aufzunehmen. Er durfte sich dabei nicht in Kleinkram verzetteln, die wertvolle Zeit musste für die wichtigen Dinge bleiben.

Über die Verwaltungsmöglichkeiten hatte er sich kundig gemacht. Er wollte auf jeden Fall eine einzige Auflistung haben und keinen Zettelkasten. Müller dachte zunächst an eine Excel-Tabelle, entschied sich dann aber für eine To-do-Listen-App. Durch permanente Fortschreibung wollte er den Überblick über seine Aktivitäten gewährleisten. Zur Erleichterung kaufte er sich ein Diktierprogramm.

Die komplette Niederschrift gab ihm die Sicherheit, nichts Wichtiges zu vergessen. Er merkte schnell, dass das schriftliche Verfahren ihm half, den Kopf frei zu behalten. Dann gab er sehr viel Zeit dafür hin, eine sinnvolle Unterteilung in wichtige Kategorien zu erarbeiten. Er musste aus dem Hamsterrad durch Methoden und Routinen für eine geeignete Selbstorganisation herauskommen. Schließlich teilte er seine Arbeit in folgende

Rubriken: Aktivitäten, Ideen und Thesen, Analyseergebnisse, Zeugen, Verdächtige, Telefonprotokolle, Öffentlichkeitsfahndung, Zeiten – hier legte er das passende Zeitfenster fest, um Dinge anzugehen –, Wochen- und Tagesplanung, Besorgungen und als Auffangposition »Sonstiges«. Er hatte vor, diese Rubriken immer wieder zu hinterfragen, um sie zu vereinfachen, zu ändern oder zu ergänzen.

Seine ersten Aktivitäten verwandte er auf die Untersuchung grenzüberschreitender Fahndungskonzepte:

Ein Bootsfahrer hatte beispielsweise im Mai 2009 eine im Wasser treibende Leiche in der Salish Sea nördlich von Orcas Island im US-Bundesstaat Washington gefunden. Die Leiche war schon sehr verwest, als man Überreste gründlich zu analysieren begann. Wegen der Nähe des Fundorts zur Grenze nach Kanada wurden in beiden Ländern Informationen eingeholt. Ein Zahn wurde in ein Labor in Baltimore geschickt, um die DNA des Toten zu bestimmen. Es gab keinen Treffer in den Dateien, weil, wie sich später herausstellte, der Mann seit 20 Jahren nicht mehr beim Zahnarzt gewesen war und ansonsten von ihm keine Eintragung vorlag.

Auch war bei ihm ein zuvor gebrochener linker Arm mit einer medizinischen Platte verstärkt worden. Die trug eine Kennnummer. Nach ihrer Herkunft wurde in Dutzenden Krankenhäusern grenzübergreifend vergeblich geforscht. Die Erklärung dafür erschien Müller zwar nicht verständlich, aber sie entsprach wohl den Tatsachen: »Ohne den Namen der Person, das Datum der Installation oder des chirurgischen Eingriffs konnte nicht herausgefunden werden, um wen es sich handelt.«

Auch mit einem forensischen Projekt der Gesichtsrekonstruktion versuchte man sich, leider wiederum vergeblich.

Erst 2009 wurde der Zahn, der bereits im Labor in Baltimore analysiert worden war, noch mal verwendet, um ein neues DNA-Profil zu erstellen, welches dem Combined DNA Index System (CODIS) des FBI hinzugefügt wurde.

Es trat dort auf ein ähnliches Profil eines offensichtlichen Verwandten. Weitergehende Ermittlungen und Analysen zum Verwandtschaftsverhältnis brachten zu Tage, dass der Tote der seit elf Jahren vermisste James Neufeld aus Penticton, Kanada war. Der 55-Jährige wurde letztmals Ende Januar 1998 lebend gesehen, als er mit seinem grünen Plymouth Voyager-Van sein Haus verließ. Das Fahrzeug wurde zwei Wochen später unversehrt im Fraser Canyon gefunden.

EKHK Müller fand in dieser Kooperation zweier Länder zwar hochinteressante Entwicklungsansätze, die er in seinen beruflichen Referaten benutzen konnte, doch für den Fall Katie war leider nichts dabei.

Auch die zweite internationale Kooperation war für den Mordfall Kati nicht von Bedeutung, wohl aber für sein neues Aufgabengebiet. Die Operation »Identify me«. Diese wurde von Interpol in den drei Ländern Belgien, Deutschland, Niederlande ins Leben gerufen.

Es ging um 22 Frauen und Mädchen, die dort in über 40 Jahren ermordet, aber nicht identifiziert worden waren. Bildaufrufe sollten in den globalen Netzwerken von Interpol-Polizeikräften zirkulieren, um an die Namen der Opfer zu kommen. Die waren nach fester Überzeugung der Schlüssel zu weiteren Erkenntnissen und machten den Gebrauch von DNA-Proben möglich. Das Verschwinden der Frauen, wenn nicht gar ihre Ermordung, wurde im Zusammenhang mit dem dramatisch gestiegenen Menschenhandel in die Europäische Union gesehen. Nach Meldung von Interpol wurden im Sudan die meisten Menschenhändler festgenommen.

Diese Erkenntnisse waren für Müller äußerst wichtig, aber es machte ihn traurig, dass nichts, was er anpackte, um gleichzeitig im Mordfall Kati voranzukommen, ihm dort wirklich weiterhalf. Doch auch das akzeptierte er nach der Devise: »Wer vom Pferd fällt, steigt am besten sofort wieder in den Sattel, sonst hat er für immer verloren.« Für Müller blieb das Ganze trotzdem ein unerträgliches Gefühl, das ihm immer wieder unter die Haut ging, wenn er den Fall zwar erneut anging, aber nicht voranbringen konnte.

Im ZDF wurde »Cold Cases – Mördern auf der Spur« zu einem Muss für EKHK Müller. »Ermittler an ihren Grenzen – Mördern auf der Spur« hatte die gleiche Wirkung auf ihn. Es war ihm ein Trost, dass in diesen Filmen Kollegen ebenfalls Jahre brauchten, um ihre Fälle aufzuklären.

»Aktenzeichen XY … Ungelöst« wurde auch zum Pflichtprogramm. Ehrfürchtig nahm er zur Kenntnis, welche Reichweite diese Sendung hatten: Hunderte Zuschauer riefen bei den Ermittlern an. 300 bedeutsame Hinweise waren keine Seltenheit. Selbst am Tag nach der Sendung gingen noch Dutzende über ein Portal ein. Ein Hinweistelefon blieb noch tagelang freigeschaltet.

Der Erste Kriminalhauptkommissar setzte ganz oben auf seine Prioritätenliste, solche Zahlen durch eine Aktion von ihm im Fall Kati ebenfalls zu erreichen.

Einen Mädchen-Mord in Grevenbroich verfolgte er in besonderem Maße. Er sah gewisse Ähnlichkeiten zum Fall Kati. Die Fahndung nach dem Täter lief bereits über 27 Jahre. Felix Müller fieberte in der Hoffnung mit, die Fahnder kämen dem Täter endlich näher. Es war der Vielzahl der erarbeiteten Ideen zu verdanken, dass man ihn vielleicht doch noch aufspüren würde. Einige Massengentests waren bereits durchgeführt worden. Anders als bei Staatsanwalt Max Reuter hatten die anfallenden Kosten dabei keine Rolle gespielt. Da werde ich noch einmal nachbohren müssen, stimmte er sich auf einen neuen streitbaren Diskurs mit der Staatsanwaltschaft ein. Er brauchte nur eine neue Begründung dafür.

Die Ermittler in seinem liebsten Vergleichsfall waren jedenfalls optimistisch, den Mordfall anhand der DNA-Analysen baldigst aufzuklären. Bei ihnen wurde im laufenden Test ein Autofahrer als Täter gesucht, das kam Felix Müller äußerst bekannt vor, würde aber Max Reuter für einen erneuten Einstieg kaum reichen. Der Mann konnte mit dem Prinzip Hoffnung nicht überzeugt werden. Da mussten knallharte, neue Fakten her. Ob sie durch eigene Kraft oder durch Glück zu Tage traten, war Müller dabei völlig egal. Er würde dafür sogar den gängigen Namen »Kommissar Zufall« für sich in Kauf nehmen, wenn ein Quäntchen Glück wirklich entscheidend wurde.

DER GORDISCHE KNOTEN WIRD NACH GROSSEN ANSTRENGUNGEN ENDLICH ZERSCHLAGEN

Das Wort »gordischer Knoten« stammt aus der griechischen Sagenwelt. Er bezeichnete die kunstvoll verknoteten Seile, die am Streitwagen des phrygischen Königs Gordios befestigt waren. Sie verbanden die Deichsel untrennbar mit dem Zugjoch. Doch während eines Kampfes soll sie Alexander der Große mit seinem Schwert zerschlagen haben, was zum Sieg in der Schlacht führte. Der Spruch »den gordischen Knoten durchschlagen« blieb bis in die Jetztzeit als Redewendung für den Umstand bestehen, ein Problem mit energischen und unkonventionellen Mitteln zu lösen. Und das hatte sich EKHK Müller auf die Fahne geschrieben.

Es war ein sonniger Junitag. Der Forstarbeiter Thomas Zucker war auf dem Weg zu seinem heutigen Arbeitsplatz im Waldgebiet der Harburger Berge. Er arbeitete gerne mit seinen Händen draußen im Freien, viel lieber als in der stickigen Büroluft. Thomas Zucker hatte den Auftrag, in der Nähe von Wanderweg W1 das Fundament für einen neuen Hochsitz zu fertigen. Mit seinem Forstwagen war ihm gestattet, für die Anfahrt die Forstwege zu benutzen. Nur so konnte er das Material alleine an Ort und Stelle bringen. Er befand sich bereits auf der Höhe vom Parkplatz am Ehestorfer Heuweg. Zucker hatte die genauen Ortungsdaten für seine heutige Baustelle. Er konnte auf dem Display seines Mobiltelefons erkennen, dass er die Stätte bald erreichen würde. Er fuhr deshalb langsamer. Zucker atmete erleichtert auf, nachdem er die Baustelle in Augenschein genommen hatte. Sie war absolut plan und musste nicht mehr von ihm geebnet werden. Am hinteren Ende war sie durch eine brusthohe Felsformation mit tiefen Einkerbungen geschützt. Thomas Zucker verspürte den Drang zu pinkeln und steuerte auf die Felswand zu, stellte sich davor und ließ mit einem befreienden Gefühl Wasser ab. Er summte dabei ein

Lied. Seine Augen standen nicht still, sie glitten neugierig über die Felsfläche. Dort war einiges zu sehen. Kleinblühende Flechten hatten sie besiedelt. Eine Waldschnecke zog ihre schleimige Bahn, und mehrere schillernde Käfer suchten zwischen den Flechten ihren Weg. Die Wand lebte. Dann fokussierte sein Blick eine besondere Stelle. In einer tieferen Felsspalte konnte er aus seinem Blickwinkel von oben einen Fremdkörper rot leuchten sehen. Seine Neugierde war erwacht. Er zog den Reißverschluss seiner Arbeitshose hoch und trat näher an die Felsspalte heran. Mit Zeigefinger und Mittelfinger griff er, wie mit einer Zange, in die Spalte hinein. Sie musste sehr tief sein, denn was er herauszog, schien kein Ende zu nehmen. Bald entpuppte es sich als Anorak. Der war allerdings sehr verschmutzt, in der Farbe verblasst und hatte Risse. Der hat hier schon länger gelegen, dachte Thomas Zucker für sich.

Er sah sich den »Lumpen« genauer an. Das war der Anorak für ein Mädchen gewesen, dafür sprach die Machart und die kleine Größe. Irgendetwas in seinem Kopf begann sich zu regen, Zucker wusste nicht sofort, was es war. Dann fiel es ihm wie Schuppen von den Augen. Er hatte erst kürzlich einen Zeitungsaufruf gelesen, in dem es um die Kleidung eines ermordeten jungen Mädchens ging. Man hatte die Kleine völlig nackt aufgefunden. Ihre Kleidung blieb verschwunden. Zu ihr gehörte, nach seiner Erinnerung, ein feuerroter Anorak. Der Mord lag schon Jahre zurück. Thomas Zucker sah sich das gefundene Teil nochmals genauer an. Er wurde sich zunehmend sicher, dass er mit ihm etwas Wichtiges gefunden hatte. Es war ein Anorak. Der war sicherlich einmal feuerrot gewesen, war allerdings mit der Zeit ausgebleicht. Der Mord war vor vielen Jahren geschehen, das passte zum Zustand der Jacke. Zucker war kurz davor, den Anorak zur nächsten Polizeistation zu bringen, doch dann zögerte er. Er hatte die Jacke schon angefasst, das war nötig, um zu sehen, was sich in der Spalte versteckte. Aber sie nun vom Fundort wegzubringen, getraute er sich nicht. Er rief stattdessen die Polizei an und schilderte seinen Fund und erläuterte seine Vermutung. Der Polizist in der Leitung konnte seine Aufregung nicht verbergen. Aber schnell fand er zur Ruhe zurück. »Sie haben alles richtig gemacht, Herr Zucker, bleiben Sie vor Ort und lassen Sie Ihr Mobiltelefon an. Wir schicken einen Wagen zu Ihnen. Die Beamten können Sie orten und wissen, was zu tun ist. Haben Sie bitte ein wenig Geduld.« Ein Kribbeln ging durch Zuckers Körper. Er fühlte eine innere Aufregung. Er krächzte ein heiseres »Ja, ich habe verstanden«.

Der Beamte beendete das Telefonat abrupt und Thomas Zucker wartete vor Ort voller Unruhe.

Der Forstarbeiter hörte den Wagen, bevor er ihn sah. Auch der Polizeiwagen benutzte den Forstweg. Zucker war froh, als er endlich in Sicht kam. Eifrig legte er sich im Kopf die richtigen Worte zurecht. Dem Wagen entstiegen zwei Beamte. Der ältere tippte mit dem Zeigefinger an den Schirm seiner Mütze und fragte: »Guten Tag, sind Sie Herr Thomas Zucker?« Der Arbeiter nickte und wies mit der rechten Hand zu dem Anorak hin, den er sorgsam über einen Busch gelegt hatte. Die zurechtgelegten Worte brauchte er gar nicht. Die Beamten verstanden ihn auch so. Was sie zu tun hatten, wussten sie, alles war auf dem Revier vorbesprochen worden.

Sie zogen sich Handschuhe an, nahmen einen großen Beweismittelbeutel aus der Kofferkammer und führten den Anorak vorsichtig in ihn hinein.
Thomas Zucker wurde wieder unruhig. Er konnte nicht zurückhalten, auszusprechen, was er gerade dachte:
»Sie werden auf der Jacke meine Fingerabdrücke finden. Ich hatte, nicht wie Sie, Gummihandschuhe an, als ich sie aus der Felsspalte herauszog.« Der Beamte lachte und meinte nur: »Das ist doch klar. Machen Sie sich deshalb keine Sorgen. Zeigen Sie uns lieber die Spalte, in der Sie die Jacke fanden.« Thomas Zucker ging bereitwillig mit ihnen zu ihr hin.
Die Beamten fotografierten alles genau. »Herr Zucker, jetzt müssen Sie uns bitte noch schildern, wie Sie die Jacke gefunden haben. Versuchen Sie bitte keine Einzelheit auszulassen. Alles könnte für unsere Ermittlungen von Wichtigkeit sein.« Der ältere Beamte holte einen Notizblock und einen Kugelschreiber aus der Jackentasche und wartete ruhig auf Zuckers Erklärungen. Und der ließ wirklich nichts aus, schließlich sprach er zu Männern: »Als ich hier ankam, plagte mich ein gehöriger Harndrang. Die Felswand schien mir besonders geeignet, vor ihr mein Wasser abzuschlagen. Mit dem Blickwinkel von oben konnte ich durch Zufall gut in die Felsspalte sehen, in der die Jacke verborgen war. Meine natürliche Neugierde hat mich getrieben, sie dort herauszufischen. Das ist eigentlich schon alles. Mir kam nur noch ein Zeitungsartikel in Erinnerung, wonach ein roter Anorak eines ermordeten Mädchens gesucht wurde. Da habe ich eins und eins zusammengezählt und Sie angerufen.«

»Das haben Sie gut gemacht«, lobte ihn der Beamte. Er schrieb sich noch Zuckers Adresse und Telefonnummer auf und meinte: »Wir werden die Stelle jetzt noch mit unserem Streifenband sichern. Für Sie ist heute hier Arbeitsende. Hier darf nichts verändert werden, bis die Spurensicherung entschieden hat, ob sie noch vorbeikommen muss. Gehen Sie nach Hause, oder melden Sie sich bei Ihrer Dienststelle. Wir können Sie ja bei Bedarf telefonisch erreichen. Haben Sie Dank für Ihr besonnenes Verhalten.«

Thomas Zucker verließ den Fundort gleichzeitig mit den Beamten. Er fuhr hinter ihrem Wagen bis zur Landstraße her. Dort schlugen sie eine unterschiedliche Richtung ein. In den Fall Kati war Bewegung gekommen. Kommissar Zufall hatte eine bedeutende Rolle gespielt. Endlich waren für EKHK Müller die Karten neu gemischt. Er wartete ungeduldig auf das Prüfergebnis. Als das vorlag, bestand Gewissheit, dass es sich um den Anorak von Kati handelte. Doch das war nicht das einzig positive Ergebnis, denn Müllers Theorien und Nachforschungen zum Tatort hatten sich damit als richtig erwiesen. Der hatte sich als am Wanderweg W1 nahe vom Parkplatz am Ehestorfer Heuweg bestätigt. Nun hatte Müller gewichtige Gründe an der Hand, um von Max Reuter die Wiederaufnahme der Fahndung zu verlangen. So gut hatte er sich lange nicht mehr gefühlt.

Felix Müller hatte den Staatsanwalt über längere Zeit nicht mehr gesehen. Doch nun trieb ihn der unerwartete Fahndungserfolg und seine daraus resultierenden Forderungen zur Eile, ein Treffen zu arrangieren. Der Mordfall Kati war ein Cold Case, und deshalb interessierte es ihn nicht die Bohne, dass der Fall wegen seiner Beförderung außerhalb seiner Zuständigkeit lag. Er hatte ihn schließlich nie aus den Augen gelassen und deshalb nicht nur das Recht, sondern seiner Meinung nach sogar die Pflicht, mit Max Reuter Tacheles zu reden. Er vereinbarte mit Reuters Sekretariat einen Termin am Montagmorgen um 9 Uhr. Er erwartete das Zusammentreffen mit großer Ungeduld.

Max Reuter empfing ihn freundlich und kam sofort zur Sache.
»Ich habe sehr wohl verfolgt, dass Sie der Mordfall Kati auch nach Ihrer Beförderung, zu der ich herzlich gratuliere, nicht losgelassen hat. Es geht doch bestimmt um diesen Fall?«
Felix Müller hatte mit der Wiederaufnahme ein festes Ziel vor Augen,

und das wollte er deutlich machen: »Ich weiß nicht, inwieweit Sie informiert sind. Der Mordfall Kati Meyer hat eine Wendung erfahren, die für eine Wiederaufnahme spricht.« Max Reuter nickte und meinte: »Ja, ich habe davon gehört. Doch lassen Sie mich bitte Einzelheiten wissen. Ich bin nur sehr oberflächlich im Bild. Ich weiß ja, wie engagiert Sie gerade diesem Mord gegenüberstehen.«

»Aber gern. Ein Forstarbeiter brachte Bewegung in diesen bislang ungelösten Fall. Er war in den Harburger Bergen unterwegs, um das Fundament für einen neuen Hochsitz zu bauen. Dabei fand er in einer Felsspalte den Anorak von Kati, den wir so lange vergeblich gesucht haben. Er weist zwar keine verwertbaren Spuren auf, bestätigt aber einige unserer Hypothesen. Ich habe Ihnen dazu meinen Bericht mitgebracht, den ich vor der Aussetzung weiterer Fahndungsmaßnahmen gefertigt hatte. Dort finden Sie Einzelheiten.«

»Das hört sich spannend an, aber lassen Sie mich bitte Ihre Folgerungen schon einmal aus Ihrem Mund hören. Das ermöglicht mir die direkte Nachfrage, sollte ich etwas nicht verstehen.«

»Okay, der rote Anorak wurde an der Stelle gefunden, an der wir den Tatort vermuteten. Sie liegt am Wanderweg W1 direkt am Parkplatz Ehestorfer Heuweg.«

»Gratulation, aber wie bringt uns diese Erkenntnis weiter?« Felix Müller fuhr selbstsicher fort: »Bei der Untersuchung des Anoraks wurden zwar weder Fingerabdrücke noch herkömmliche biometrische Merkmale gefunden. Die Jahre mit Regen, Schnee und anderen Witterungseinflüssen hatten alles, was vielleicht einmal da war, zerstört. Ich meine aber, der Fund stellt eine zweite Hypothese von uns ins richtige Licht. Wir gingen davon aus, dass der Mörder in der Nähe des Tatorts wohnt. Neu-Wulmstorf oder Buchholz vermuteten wir als seinen Wohnsitz.«

»Wie wollen Sie diese Annahme nun erhärten?«

»Wir müssen meines Erachtens in dieser Gegend ganz gezielt nach Zeugen suchen. Aber die Erkenntnis bestätigt auch noch einen weiteren Gedanken von uns, der neu und viel kompletter aufgegriffen werden muss.«

»Welcher wäre das?« »Wir waren uns sicher, dass der Ablageort von Kati weit vom Tatort gewählt wurde, um uns bei den Fahndungsmaßnahmen vom Wohnort des Mörders abzulenken. Die große Kenntnis, die der Mörder

von Wittmoor zeigte, ließ uns vermuten, er würde, zum Beispiel beruflich, zwischen diesen beiden Regionen pendeln. Sie erinnern sich sicher an den Massentest, den wir deshalb ausgeführt haben.«
»Aber sicher, doch der brachte schließlich kein positives Ergebnis.« »Das ist nur die halbe Wahrheit. Wir hatten damals unter dem Zwang, den Kostenrahmen nicht zu sprengen, nur eine begrenzte Maßnahme eingeleitet. Wir überprüften nicht einmal die Tage einer ganzen Woche. Wir überprüften nur Pendler zwischen dem Raum Harburger Berge und Hamburg-Duvenstedt. Wir hätten den Raum seiner Berufstätigkeit vielleicht besser auf ganz Hamburg ausdehnen sollen.« »Heißt das, Sie wollen den Test wiederholen?« »Nur bedingt. Ich sehe auch noch die Möglichkeit, dass eine vorherige Auffälligkeit des Mörders, aus welchem Grund auch immer, nicht in die Dateien aufgenommen wurde. Ich schlage vor, zunächst hier einmal gezielt zu überprüfen. Mit etwas Glück werden wir fündig. Andererseits möchte ich Sie aber auch dafür gewinnen, bei einem neuen Test, sollte er sich als geboten erweisen, nicht wieder an der Kostenschraube zu drehen. Wir wollen gemeinsam versuchen, solche Kosten zu vermeiden. Aber wenn sie notwendig werden, dann müssen wir klotzen. Wer Musik haben möchte, muss sie auch bezahlen.« »Das überzeugt mich, doch wann tritt für Sie die Notwendigkeit ein? Was geht dem in Ihrer Prioritätenliste vor?« »Da habe ich einiges in petto: Als Erstes möchte ich nach Zeugen im Wohngebiet des Mörders fragen, parallel dazu einem möglichen Versäumnis in der Pflege der Datenbank nachgehen. Das Fehlen eines Sexualtäters in der Datei und dessen erfolgreiche Feststellung im Nachhinein würde einen Test natürlich entbehrlich machen.« »Da stimmen wir schnell überein.« »Vielen Dank, aber ich sehe noch weitere Möglichkeiten, einen Test zu vermeiden. Der Fall Kati ist nun schon über zehn Jahre ungelöst. Diese Zeitspanne setzt uns vor neue Realitäten. Sollte es einen Mithelfer oder nur Mitwisser geben, zumindest Mitwisserschaft ist inzwischen wegen Verjährung straffrei, oftmals sogar die Mithilfe. Wenn wir das deutlich machen, können wir möglicherweise Menschen, die bisher geschwiegen haben, zum Reden bringen. Sie müssen kapieren, dass es mehr Schaden als Gutes mit sich bringt, so wichtige Dinge für sich zu behalten.« »Das sehe ich ein. Haben Sie schon gezielt etwas vor, wie Sie die erreichen könnten?«
»Ich möchte mich insbesondere an die unbekannten Angehörigen des

Mörders wenden und um deren Mithilfe bitten. Oftmals haben solche Menschen am Verhalten des Mörders nach der Tat eine Wesensveränderung erkannt und erahnten aufgrund von Tatschilderungen in den Medien seine Schuld. Mir ist ein Fall zu Ohren gekommen, in dem die Ehefrau kurz vor der goldenen Hochzeit das gemeinsame Haus verließ, weil sie aufgrund solcher Feststellungen den eigenen Mann für den Mörder hielt. Es gibt noch mehrere vergleichbare Fälle, in denen sich Angehörige schließlich offen gegen den Mörder stellten und ihre Vermutungen kundtaten. Er wurde durch ihre Mithilfe zum Beschuldigten. Das heißt, es lagen genügend Anhaltspunkte vor, dass er der Täter der Straftat war. Wir müssen bei erneuter Ansprache in den Medien alle Plätze nennen, die wir für die Tat in Betracht ziehen, und zwar mit Ortsangabe und Zeitpunkt.«

»Was versprechen Sie sich davon?« »Ich kann Ihnen vorerst nur selbsterklärliche Beispiele nennen: Die Gegend, in der ein Zeuge um die Tatzeit herum ein verdächtiges Auto glaubt, gesehen zu haben, oder den ungewöhnlichen Zeitpunkt, an dem ein Ehemann spät in der Nacht angeblich von einem Termin nach Hause zurückgekehrt war. Vielleicht hatte die Ehefrau schon damals gegenüber einem beruflichen Termin große Zweifel gehegt. Es gibt noch eine weitere Möglichkeit: Vielleicht hat jemand einen einsamen Wagen auf einem der relevanten Parkplätze gesehen. Die richtigen Fragestellungen müssen natürlich diszipliniert ausgearbeitet werden.« »Wollen Sie mit diesen Fragen wieder nur in die Printmedien gehen?« »Das ist eine berechtigte Frage. Ich hatte eigentlich die Bitte an Sie, dabei behilflich zu sein, unser Thema auch ins TV zu bringen. Zum Beispiel in die Sendung ›Aktenzeichen XY ... Ungelöst‹. Ich wäre meinerseits bereit, für eine entsprechende Sendung zur Verfügung zu stehen.« »Auch wenn Sie inzwischen in einer anderen Liga spielen, würde das Sinn machen. Sie stecken in der Materie meines Erachtens am tiefsten drin. Wir dürfen auf Ihre Mithilfe nicht verzichten.« EKHK Müller fühlte sich geschmeichelt, wiegelte aber sofort ein wenig ab: »Ich möchte mich aber hier nur als ehemaliger Leiter der Mordkommission für die Sendung in der Pflicht sehen. Die neue zu bestimmende Mordkommission Kati muss unter anderer Führung beginnen. Ich möchte Ihnen meinen damaligen Stellvertreter Kriminalkommissar Ernst Felten vorschlagen. Er hat mich seinerzeit sehr loyal begleitet und war sehr kompetent. Einem solchen Mann würde ich auch weiterhin gerne mit Rat und Tat zur

Seite stehen.« Der Staatsanwalt brauchte nicht lange, um dieser Bitte Folge zu leisten. Die beiden Männer gingen bald auseinander, der Mordfall Kati Meyer war wieder warm geworden, und beide waren zutiefst überzeugt, etwas Gutes auf den Weg gebracht zu haben. »Wir bleiben in Kontakt, Herr Müller«, versprach Reuter zum guten Schluss.

DIE NEUE MORDKOMMISSION KATI LÄSST DEN MORDFALL WIEDERAUFLEBEN

Staatsanwalt Max Reuter hatte Ernst Felten zum Leiter der Kommission berufen und ihm ans Herz gelegt, sich wegen der Besetzung sowie dem weiteren Vorgehen mit Felix Müller abzustimmen. »Behandeln Sie ihn wie einen externen Spezialisten«, empfahl er mit einem leichten Grinsen. Kommissar Felten nickte sofort. Mit diesem Rat rannte der Staatsanwalt bei ihm offene Türen ein. Felten sah in Müller immer noch einen Förderer und Helfer. Er wusste genau, über welchen Fundus an Erfahrung der Erste Kriminalhauptkommissar verfügte. Über seine Berufung freute er sich wie Bolle. Sie bot ihm bei Erfolg endlich eine Chance auf eine Beförderung. Gern hätte der groß gewachsene Mann seinen Gefühlen freien Lauf gelassen. Doch vor dem Staatsanwalt hütete er seine Zunge. Er wollte den erwiesenen Vertrauensvorschuss nicht sofort wieder verspielen und versprach stattdessen, alles zu tun, um als erster Sieger vom Platz zu gehen. »Ich werde EKHK Müller noch heute anrufen.«

Kaum war er wieder in seinem Büro, versuchte er, Felix Müller an die Strippe zu bekommen. Er hatte sofort Erfolg. Das ist ein gutes Omen, dachte er in Hochstimmung. Nach seinen ersten Worten merkte er, dass sein früherer Vorgesetzter vom Staatsanwalt bereits informiert worden war. Er wusste, was auf ihn zukommen sollte und half Felten mit einem schnellen Zustimmen zur erbetenen Mitarbeit über langes Drumherumreden hinweg. Der EKHK kannte schließlich Feltens Redseligkeit und wollte sie nicht unbedingt locken. Er sah in ihr Feltens einziges Manko.

Er lud den Kommissar ein, am nächsten Vormittag auf seine Dienststelle zu kommen. Felten war erleichtert, dass es so einfach war, die erste Hürde zu nehmen.

Am nächsten Tag herrschte über Hamburg eine besondere Wetterlage, ein sogenanntes Omegahoch. In ihr wurde ein Hochdruckgebiet von zwei Höhentiefs flankiert. Eines lag östlich von Hamburg, eines westlich davon. Diese Konstellation versprach über einen längeren Zeitraum stabil zu bleiben. Ernst Felten beschloss, mit seinem Motorrad zu fahren. Das Wetter erlaubte dies, und er würde selbst bei einem Stau auf jeden Fall pünktlich sein.

Felix Müller freute sich ehrlich auf das Wiedersehen mit dem Kriminalkommissar. Er mochte ihn und hatte während ihrer Zusammenarbeit eine große Empathie für ihn entwickelt.

Als seine Sekretärin Felten hereinführte, sah er ihn überrascht an. Felten hatte einen Motorradhelm in der Hand. »Oh, Sie sind mit dem Motorrad gekommen«, waren deshalb Müllers erste Worte, die der Kommissar sehr launig parierte: »Ja, mein Motto ist: Vier Räder bewegen den Körper, zwei Räder bewegen die Seele!« EKHK Müller musste lachen. Das Eis war gebrochen. Sie konnten in guter Stimmung ihre Beratung beginnen.

»Zuerst herzlichen Glückwunsch für Ihre Berufung, doch nachdem ich Ihnen aufoktroyiert wurde, sollten wir vielleicht zunächst darüber sprechen, was ich mit ›Ihrer‹ Mordkommission Kati zu tun haben soll«, begann Felix Müller etwas provokativ. Felten suchte nach der richtigen Antwort. Als er glaubte, sie gefunden zu haben, brachte er sie sehr glaubwürdig hervor: »Sie wurden mir keinesfalls aufgezwungen. Es wäre mir vielmehr eine Ehre, wenn Sie mir mit Rat und Tat zur Seite stünden. Ihre Erfahrung und Ihre Praxis wären unbezahlbar. Spezialisten darf ich zu unserer Kommission hinzuziehen. Herr Müller, Sie wären mehr als ein Spezialist für mich. Bitte helfen Sie mir.«

Der meist zugeknöpfte EKHK schmunzelte und meinte jovial:

»Dann soll es so sein. Aber wir müssen dabei immer im Auge behalten, dass ich noch einen Nebenberuf habe. Ich sitze zwar nicht zwischen zwei Stühlen, aber nun auf zwei Stühlen. Meine Bürotür sollte jedenfalls nicht zur Drehtür werden.« Seine Augen blitzten fröhlich auf. Eigentlich war er sehr zufrieden, bei der Kommission mitmischen zu können. Er hatte mit dem unbekannten Mörder schließlich noch eine Rechnung offen, die er nicht mit ins Rentenalter nehmen wollte. Das neue Beweismittel hatte ihn hoffnungsfroh gemacht, dass dies nicht notwendig würde.

Über die Besetzung der Kommission erzielten sie schnell Einigkeit. Sie requirierten sie weitestgehend aus der alten Zusammensetzung:

Auf Kriminalhauptmeister Ludwig Härting wollten sie beide nicht verzichten. Für die innere Verwaltung war er erste Wahl. Er arbeitete genau und gründlich. Er ließ sich nicht aus der Ruhe bringen und gab nicht so schnell auf.

Für Kriminalkommissar Dustin Kordt bedurfte es einer längeren Überlegung. Er hatte sich beim ersten Mal zu oft als provokanter Einzelgänger erwiesen. Aber letztendlich einigte man sich darauf, dass seine Abstraktionsfähigkeit und seine Spürnase diesen Nachteil überwogen.

Der schlaksige Justus Lustig als ausgewiesener Profiler war nicht wegzudenken. Besonders der EKHK mochte seine ruhige nordische Art. Er tat viel, sprach aber wenig. Aufhebens um seine Person machte er nie.

Die Komplettierung der Kommission war dann nur noch Formsache. Der Staatsanwalt hatte Felten vier pensionierte Ermittler für den zeitweiligen Einsatz zugesagt. Auf die wollten sie auf jeden Fall zurückgreifen.

Auch die angedachten Spezialisten neben dem EKHK hatten bekannte Gesichter: Professorin Dr. Elvira Rüstig, inzwischen emeritiert, und für rechtsmedizinische Fragen der Gerichtspsychiater Rudolf Keller hatten ihre Bereitschaft zur Mitarbeit schon bestätigt.

Felix Müller glaubte eine Nikotinwolke zu riechen, als er vernahm, dass der Gerichtspsychiater wieder dabei war. Der Mann mit der dicken Hornbrille war ihm nicht nur als Dauerraucher, sondern auch als hervorragender Mitdenker in Erinnerung.

Mit Veronika Schlüter machte der EKHK einen sehr klugen Ergänzungsvorschlag: »Wir werden wieder in die Medien gehen müssen. Ich glaube sagen zu können, keine hat uns das letzte Mal mehr geholfen als Frau Schlüter. Wir sollten sie als offizielle Spezialistin an unserer Seite haben. Sie brennt wie wir, den Mörder zu überführen und besitzt das notwendige Fachwissen für gute Pressearbeit.« Felten stimmte dem ohne Umschweife zu.

Mit dieser Besetzung wollten sie zunächst ihre Arbeit aufnehmen. Kommissar Felten versprach, die Termine der Kommissionssitzungen auf jeden Fall vorab mit Felix Müller abzusprechen. Als sie auseinandergingen, waren beide von der Fähigkeit und Lauterkeit des anderen zutiefst überzeugt.

Kaum war er in seinem Büro angekommen, gab Felten die Information, dass die Mordkommission Kati ihre Tätigkeit wieder aufgenommen hat, in den Instagram-Kanal der Polizei. Er verlieh ihren Mitgliedern eine resolute, optimistische Stimme: »Es lohnt sich, auch noch nach vielen Jahren weiterzumachen. Zu wissen, was geschehen ist, wäre für die wegen des Verbrechens psychisch erkrankte Mutter eine Erlösung. ›Kein Problem wird gelöst, wenn wir warten, bis Gott sich darum kümmert.‹ (Martin Luther King)«

Ernst Felten stand nunmehr vor der Aufgabe, die neue Mordkommission Kati erstmals einzuberufen. Er hatte vor, bei dieser Sitzung zu diskutieren, wie man überprüfen wolle, ob bei der Untersuchung der regionalen Triebtäter ein Versäumnis in den Dateien schuld daran gewesen sein konnte, dass der Mörder nicht entdeckt wurde. Er hatte sich dazu schon eigene Gedanken gemacht. Letztlich mussten alle Polizeidienststellen, die im Umkreis lagen, der nach der Kreis-Hypothese einschließlich des zusätzlichen Sicherheitszuschlages festgelegt worden war, ihre Dateien überprüfen. Dabei ergab sich bereits das erste Problem: Das Gebiet erstreckte sich sowohl auf Hamburger als auch auf niedersächsischen Boden. Man brauchte also gleichlautende Dienstanweisungen in beiden Bundesländern.

Für die Überprüfung wollte er vorschlagen, Vernehmungsprotokolle tatverdächtiger Triebtäter aus den relevanten Jahren, die mit keinem Strafverfahren überzogen wurden, daraufhin zu überprüfen, ob sie datenmäßig festgehalten wurden. Seine Überlegungen wollte der Kriminalkommissar mit den Mitgliedern der Kommission diskutieren. Ihm war klar, dass er die Hilfe von EKHK Müller spätestens brauchte, wenn die Dienstanweisung aus beiden Bundesländern benötigt wurde. Der hatte den richtigen Rang, um da etwas zu bewirken. Doch zunächst musste Felten mit ihm klären, ob er bei der Eröffnungssitzung dabei sein wollte.

Er konnte den EKHK erst am Nachmittag telefonisch erreichen. Felix Müller gab als Alternative zu verstehen, er habe Zeit, Feltens Anliegen am Telefon zu erörtern. Der Kriminalkommissar schilderte daraufhin seine Überlegungen kurz und präzis. Genauso fiel die Antwort von Felix Müller aus: »Zu Ihren Vorstellungen habe ich keine Ergänzungsvorschläge. Sie erscheinen mir logisch und richtig. Wenn es um das Einholen der Dienstanweisung geht, können Sie mich selbstverständlich einbinden. Insofern sehe ich keinen Grund, Ihnen bei der Eröffnungssitzung die Show zu stehlen. Da müssen Sie sich schon alleine profilieren, und daran habe ich keinen Zweifel.« Ernst Felten war stolz über diesen ausgesprochenen Vertrauensbeweis und bedankte sich in gebührender Weise. »Natürlich geht Ihnen das Protokoll unserer ersten Sitzung zu. Vielleicht möchten Sie ja wenigstens kurz drüberschauen«, waren seine letzten Worte.

Am selben Tag noch rief der Kriminalkommissar die erste Sitzung ein. Nachmittags ab 15 Uhr in zwei Tagen passte allen Kommissionsmitgliedern. Felten hatte bewusst auch die Pensionäre eingeladen. Die sollten die bisherigen Mitglieder unbedingt kennenlernen. Er begrüßte sie gesondert und hatte sich extra über sie kundig gemacht. Der Kriminalkommissar sah aber keinen Grund, schon dieses Mal externe Spezialisten hinzuzuziehen.

Der Kommissionsleiter gewann schon während seiner Begrüßungsworte das Gefühl, dass alle sich über das Wiedersehen freuten und über die Wiederaufnahme des Falles. »Wir wollen heute festlegen, wie ein möglicher Fehler in der Triebtäterdatei festgestellt werden kann.« Dabei stellte er auch seine eigenen Überlegungen zur Diskussion. Dustin Kordt fiel auch unter Feltens Führung zunächst einmal kurz aus der Rolle. Er wollte mit einem kleinen Späßchen sein Allgemeinwissen zeigen: »Meine Herren, vorab eine kleine Wissensfrage: Warum heißt unsere momentane Wetterlage Omegalage?« Ein erstauntes Schweigen setzte ein, dann meinte Felten etwas verwundert: »Was tut das zur Sache?« »Gar nichts«, erwiderte Kordt mit einem Grinsen. »Aber Wissen schadet nie. Der griechische Buchstabe Omega beschreibt diese Wetterlage vortrefflich. Er zeigt sich als unten geöffneter Kreis mit unten zwei kurzen Querstrichen, einer links, einer rechts. Der geöffnete Kreis steht für das große Hochdruckgebiet. Die seitlichen Querstriche flankieren den geöffneten Kreis wie die zwei Höhentiefs das momentane Hochdruckgebiet. So, damit sind wir nun alle klüger.« Alle guckten ratlos und Felten hatte nur ein Kopfschütteln dazu übrig. Ludwig Härting meldete sich als Erster mit einer berechtigten Anmerkung: »Wir wissen aus eigener Erfahrung, dass alle Dienststellen am Limit arbeiten. Das Heraussuchen dieser alten Protokolle und der Abgleich mit den Dateien kostet viele Tagewerke. Bitte nicht resignieren, aber wir dürfen die Dienststellen nicht unter Zeitdruck setzen. Dann werden sie aus Trotz noch später fertig werden. Stellt euch darauf ein, dass ein belastbares Ergebnis frühestens nach einem dreiviertel Jahr vorliegen wird.« Kommissar Felten antwortete in das betretene Schweigen: »Auch ich habe einen solchen Zeitraum befürchtet. Aber wir fahnden nun schon viele Jahre vergeblich. Da darf uns eine solche zusätzliche Zeitspanne nicht abschrecken. Außerdem wollen wir noch auf alternativen Wegen nach dem Täter suchen. Meine Stichworte dazu sind: Gezielte Suche nach Zeugen im Umfeld des Tatorts bzw. des vermuteten Wohnorts; verstärkte Wiederaufnahme unserer Aufrufe in den Printmedien. Last, but not least verspreche ich mir von einem Auftritt in einer Fernsehsendung wie ›Aktenzeichen XY ... Ungelöst‹ viel. EKHK Müller sollte meines Erachtens mit seinem Wissen aus der bisherigen Arbeit die Zuschauer durch den Film führen und zu einer Zusammenarbeit motivieren. Er sollte, wenn möglich, schon das Drehbuch mitgestalten. Die unterschiedlichen Anspracheepunkte für die Medienauftritte wollen wir das nächste Mal erarbeiten. Auf jeden Fall scheint mir dazu opportun, Veronika Schlüter als externe Spezialistin einzuladen. Wir alle wissen, wie engagiert sie zu diesem Fall steht. Sie wird uns sicher nicht nur wieder den Weg in den Medien ebnen, sondern auch Formulierungen mit großer Nachdrücklichkeit finden, die uns weiterhelfen. Sieht jemand von euch das anders?« Es gab keine Widerrede. »EKHK Müller ist bereit, die länderübergreifende Dienstanweisung für die geplante Überprüfung der Dateien zu besorgen. Unsere neuen Kommissionsmitglieder«, Felten sah zu den Pensionären hin, »können in dieser Phase sicher die einzelnen Dienststellen vor Ort mit Rat und Tat unterstützen. Sie werden dann hoffentlich Vertrauen aufbauen und diese Mitarbeiter motivieren. Das Optimum wäre erreicht, wenn die sich danach alle mit uns im selben Boot fühlen würden.

Der EKHK wird auch für einen Anschauungsfilm im TV zur Verfügung stehen.«

Die erste Sitzung konnte schon nach anderthalb Stunden beendet werden. »Macht euch bis nächstes Mal Gedanken zu den angesprochenen Medienprojekten.« Kommissar Felten war mit dem Ablauf der Sitzung zufrieden. Nur Kordt wollte er bei einer neuerlichen Blödelei härter angehen.

Schon am nächsten Tag konnte er das Sitzungsprotokoll per Mail an den EKHK versenden. Es dauerte nur einen halben Tag, dann kam folgende Antwort zurück: »Danke für die Info. Mir scheint alles richtig gelaufen zu sein. Vielleicht werden die Pensionäre die Mitarbeiter der Dienststellen so motivieren, dass es ein bis zwei Monate schneller geht.

Beste Grüße, Felix Müller.« Ernst Felten registrierte stolz, dass ihn Müller von Kollege zu Kollege ohne Anführung seines höheren Ranges ansprach.

Die nächste Kommissionssitzung stand ganz unter dem Eindruck, den Veronika Schlüter bei ihrem ersten Auftritt als hinzugezogene Spezialistin hinterließ. Frau Schlüter machte keinen Hehl daraus, wie stolz sie war, nach vielen Jahren »externen Engagements« nun dem internen Kreis der Mordkommission anzugehören. »Heute fühle ich mich als eine der Ihren«, gestand sie bewegt. Wie sie sich künftig einbringen wollte, wirkte auf die Kommissionsmitglieder sehr reflektiert und seriös. Die Journalistin merkte erleichtert, dass der Funken übersprang. Im Einzelnen versprach sie, sich voll in die auf die Medien gerichtete Ermittlungsarbeit einzubringen. »Zum guten Schluss müssen wir endlich hinter die Maske dieses schändlichen Mörders sehen können.«

Kommissar Felten war froh, dass es dieser integren Frau so gut gelungen war, einen solchen Einstand zu finden. Er konnte nun befreit von letzten Bedenken das Heft in die Hand nehmen und die allgemeine Diskussion auf eine optimale Medienkampagne lenken.

»Ich bin gespannt, was Sie sich inzwischen für unsere Kampagne überlegt haben«, eröffnete er das Brainstorming. Ludwig Härting wollte mit seiner ersten formalen Frage eine wichtige Festlegung erreichen: »Wenn ich unseren letzten Gesprächsverlauf richtig erinnere, geht es heute darum, eine Kampagne zu konzipieren, die sich speziell an die Bewohner im Umkreis des Tatortes und des vermuteten Wohnorts des Mörders richtet. Ist das so?«

»Herr Härting, Sie liegen richtig. In diesem Umfeld wollen wir Leute ansprechen, die möglicherweise irgendetwas Relevantes am Tattag selbst gesehen haben oder auch hinterher an vertrauten Mitbürgern beobachteten«, bestätigte Felten. »Unser Wissensstand hierüber ist im Gegensatz zum Wetter leider nicht so sonnig.«

»Dann sollten wir wohl zunächst klären, welche Fragen wir stellen wollen«, warf Dustin Kordt in die Debatte und fand allgemeine Zustimmung. Bald hagelte es Vorschläge:

»Wer hat in der Tatnacht einen Wagen, möglichst sogar dessen Fahrer auf der Fahrt ins Forstgebiet der Harburger Heide oder von dort zurück gesehen?«

»Die gleiche Frage stellt sich für eine Fahrt Richtung Duvenstedt bzw. von dort zurück Richtung Buchholz oder Neu-Wulmstorf.«

»Im Zusammenhang mit den genannten Fahrten müssen wir auch abfragen, ob zufällig ein Wagen auf einem Parkplatz nahe dem Tatort, ich meine nahe dem Parkplatz am Ehestorfer Heuweg, aber auch einem Parkplatz nahe dem Ablageort im Wittmoor, gesehen wurde.«

»Da nur der versteckte Anorak des Opfers im Forst aufgefunden wurde, sollten wir die örtliche Bevölkerung befragen, ob die anderen Gegenstände irgendwie und irgendwo aufgefallen sind.«

»Das ist auch für das verschwundene Goldkettchen zu hinterfragen.«

»Vielleicht sollten wir schon in der Printkampagne mögliche Mitwisser oder gar Mittäter des Mörders gezielt ansprechen und mit dem Hinweis auf die Verjährung ihrer Tat zur Mithilfe animieren.«

Als danach eine Pause eintrat, griff Kommissar Felten wieder ein: »Wenn ich das richtig sehe, hat sich mit diesen Vorschlägen eine komplette Liste aller denkbaren Befragungspunkte ergeben. Das brachte bereits ein wenig mehr Klarheit. Gute Arbeit! Nun sollten wir klären, wie die Fragen in der Kampagne Berücksichtigung finden sollen.«

Dazu fühlte sich Veronika Schlüter aufgerufen: »Wir haben einige der Fragen bereits früher gestellt. Dazu liegt Bildmaterial und Text vor. Ich biete mich gerne an, das Material noch einmal zu redigieren, um es für den regionalen Gebrauch zu optimieren. Auf jeden Fall sollten wir dabei bleiben, Einzelfragen zu stellen. Eine Fülle von Fragen auf einmal verwirrt nur. Zumindest der ungeschulte Leser verliert den Überblick.«

Den Profiler Justus Lustig trieb eine gewisse Skepsis zu seinem ersten Redebeitrag: »Wir hatten schon einmal gemeinsam herausgearbeitet, dass eine Zeitung nicht nur an Dauerleser, meist Abonnenten, geht, sondern auch an Leser, die sie nur ab und zu nutzen. Wir hatten daraus den Schluss gezogen, unsere Befragung möglichst komplett durchzuführen und öfters komplett zu wiederholen. Damit sie möglichst von allen gelesen wird. Sollten wir nicht dabei bleiben?«

Veronika Schlüter bat sehr nachdrücklich ums Wort: »Herr Lustig, vertrauen Sie bitte den Erfahrungen einer langjährigen Redakteurin in der Lokalredaktion. Man darf einen Beitrag, der Antworten erwartet, nie überfrachten. Doch es gibt eine Alternative, die für uns beide konsensfähig sein sollte. Ich empfehle unter jeden Einzelartikel ein fett gedrucktes Kästchen zu setzen mit den stichwortartigen Fragen früherer Veröffentlichungen und dem Hinweis, wo man sie im Internet einsehen kann. Unsere Reaktion könnte solche Artikel an Leser ohne Computer auch versenden. Dafür mache ich mich stark.«

Im Hinblick auf die vorgerückte Zeit schien es Kommissar Felten geboten, den Konsens nunmehr einzufordern. Er fand die Erklärungen und den Alternativvorschlag von Frau Schlüter gut und überzeugend. Seine entsprechende Bewertung fand keine Widerrede. Er dachte zufrieden, selbst Kollege Kordt hat nichts daran auszusetzen, und er war heute mal kein Störfaktor gewesen. »So beschlossen«, beendete Felten die Debatte.

»Wie können wir EKHK Müller hinsichtlich eines geplanten Auftritts bei ›Aktenzeichen XY … Ungelöst‹ unterstützen?«, ging er zum nächsten Punkt über.

Auch dazu bat Frau Schlüter um das Wort: »Diese Sendungen enthalten meist einen Filmbeitrag, in dem der bekannte Ablauf des Falles kurz dargestellt wird und vorliegende Ermittlungsergebnisse genannt werden, natürlich auch offene Fragen, die zur Überführung des Täters eine Antwort benötigen. Ich könnte zusammen mit einem Ihrer Kollegen, ich denke an Herrn Härting, er verwaltet ja Ihr ganzes Wissen, ein kleines Drehbuch erstellen, was für Herrn Felix Müller als Leitfaden für seine erste Besprechung mit der Redaktion der Sendung bestimmt hilfreich wäre.«

Felten fand auch dafür nur lobende Worte, denen niemand widersprach, denn sie mündeten in dem Satz: »Wir können damit in Richtung Herrn Müller ein Zeichen setzen, dass wir gewillt sind, ihm, wo immer möglich, Arbeiten abzunehmen.«

Das Gesicht von Kriminalhauptmeister Härting hatte sich vor Stolz leicht gerötet. Er freute sich auf diese Arbeit.
»Haben Sie weitere Fragen, Anregungen oder Infos für uns?«
Der Sitzungsleiter drängte auf das Ende der Besprechung. Doch Veronika Schlüter konnte ihm eine weitere Wortmeldung nicht ersparen. Sie hatte sich fest vorgenommen, von vornherein alle Karten auf den Tisch zu legen.
»Sollte es uns gelingen, den Fall zu klären, so habe ich vor, mit einer Schilderung aller Umstände in einer Art Chronik Kati Meyer ein Denkmal zu setzen. Ich möchte eine aufrichtige und einfühlsame Erzählerin sein, die Katis kurzes Leben quasi zwischen Buchdeckel bringt. Dazu verfüge ich bereits über viel eigenes Wissen sowie auch über Fotos zur Illustration. Das ein oder andere wichtige Detail möchte ich zusätzlich von Ihnen erfragen. Bitte geben Sie mir keinen Korb.« Auch diese Bitte führte Ernst Felten einer schnellen Beantwortung zu: »Frau Schlüter, ich bin von Ihrer integren Absicht felsenfest überzeugt. Wir freuen uns sicher unisono auf Ihre Chronik. Ich darf die Sitzung für heute beenden.«

Die Antwort vom EKHK auf das Protokoll fiel positiv aus. Über den letzten Satz musste Kommissar Felten allerdings schmunzeln: »Bei der Diskussion über eine Sendung bei ›Aktenzeichen XY … Ungelöst‹ möchte ich allerdings anwesend sein.« Das war ganz in Feltens Sinne.

Veronika Schlüter hatte sich für die Thematik »Film für ›Aktenzeichen XY … Ungelöst‹« mit Ernst Felten abgestimmt und darauf vorbereitet. Ihre Aufzeichnungen für einen kurzen Vortrag lagen vor ihr auf dem Tisch und sie war bereit, auf die Bitte des Kriminalkommissars zu referieren:

»Ich habe es übernommen, abzuklären, was wir Herrn Felix Müller für ein erstes Gespräch mit dem Team von ›Aktenzeichen XY … Ungelöst‹ an die Hand geben können.
Den Informationsfilm selbst erarbeitet ein professionelles Team aus Regisseur, Kameraleuten, Beratern der Polizei und Schauspielern.
Die Aufgabe solcher Filme liegt darin, die Zuschauer zu unterstützen, sich an tatrelevante Fakten zu erinnern oder sogar an den Mörder selbst. Dafür sind Drehs an Originalschauplätzen besonders hilfreich. Sie wecken

das Erinnerungsvermögen. Über den Inhalt des Films entsteht danach ein Skript. In ihm werden alle Ton-, Bild- und Dialogelemente des Films im Detail beschrieben. Erfahrungsgemäß durchläuft er bis zum Produktionsbeginn einen Prozess mit vielen Überarbeitungen und Änderungen. Ein Skript kann deshalb nicht unsere Hilfestellung für Herrn Müller sein. Dafür empfiehlt es sich, eine Zusammenfassung der Geschichte ›Mordfall Kati‹ zu erstellen und Vorschläge zu unterbreiten, in welche Szenen man die Geschichte unterteilt. Darf ich diesen Vorschlag zunächst einmal zur Diskussion stellen?«

Alle Anwesenden warteten darauf, ob sich der EKHK dazu äußern würde. Als eine Wortmeldung ausblieb, eröffnete Kommissar Felten die Aussprache: »Zumindest für mich ist Ihr Vorschlag überzeugend. Der Teufel liegt allerdings im Detail und daraus resultieren meine Fragen: Haben Sie vor, den Ablauf in realer Zeitfolge darzustellen, oder können wichtige Elemente, die zu berichten sind, en bloc zusammengefasst werden, und zwar ohne Einhalten der realen zeitlichen Reihenfolge? Zur Aufteilung in Szenen habe ich eine weitere Frage: Müssen alle Szenen eine laufende Handlung zeigen oder können zum Beispiel Zwischenergebnisse der kriminalistischen Arbeit von einem Spezialisten einfach vorgetragen werden? – Ein solcher Spezialist könnte zum Beispiel der Erste Kriminalhauptkommissar sein.

Last, but not least möchte ich wissen, ob Fakten weggelassen werden können, wenn sie sich bereits erledigt haben. Im Klartext: Muss beispielsweise von einer Befragung eines Verdächtigen berichtet werden, wenn er bereits durch ein 100-prozentiges Alibi als Verdächtiger ausgeschieden ist?«

Felix Müller hatte ein Schmunzeln im Gesicht, als Felten endete und sich fragend umschaute. Endlich griff er in die Diskussion ein: »Chapeau, Herr Felten, eine solche komplette Fragenkette hätte ich am ehesten von unserem gründlichen Kriminalhauptmeister Härting erwartet. Nun haben aber Sie den Finger in die richtigen Wunden gelegt, wie ich meine. Meine Antworten auf Ihre Fragen kann ich schnell vortragen: Die reale zeitliche Reihenfolge muss nicht eingehalten werden. Schon um den möglichen Zeitumfang des Films nicht zu überschreiten, müssen geeignete Elemente zusammengefasst werden.

Keinesfalls müssen alle Szenen eine laufende Handlung zeigen. Würde unsere heutige Kommissionssitzung am Stück gefilmt, wäre der Zeitbedarf schon so groß, wie er im TV nur für den gesamten Film sein kann. In der letzten Frage haben Sie mir indirekt meine Rolle zugewiesen. Auch damit gehe ich konform, ich möchte nicht als Schauspieler agieren. Ich kann nur versuchen, die wesentlichen kriminalistischen Fakten seriös an den Zuschauer zu bringen.«

Für einen Moment herrschte Stille im Raum. Kommissar Felten fühlte instinktiv, dass er sie beenden musste:

»Herr Müller, ich kann Ihre positive Einschätzung zu meinen Fragen nur in gleicher Form zurückgeben. Was Sie gesagt haben, scheint mir das Wort zum Sonntag zu sein. Uns bleibt meines Erachtens nur noch zu überlegen, wer von uns die Zusammenfassung angeht und welchen Zeitrahmen wir ihm einräumen. Ich bitte Frau Schlüter um ihre Meinung.«

»Meine Bereitschaft, mich dabei einzubringen, ist Ihnen bekannt, Herr Felten. Da vier Augen mehr sehen als zwei hätte ich gerne jemanden an meiner Seite. Herrn Härting könnte ich mir dazu gut vorstellen. Er hat alle bisherigen Ergebnisse in seiner Aktenführung. Auf diesen Unterlagen zu basieren, erscheint mir der richtige Weg. Geben Sie uns zwei Wochen, dann sollte unsere Fleißarbeit noch einmal an alle Kommissionsmitglieder gehen. Wir sollten in unserem Vorschlag für Herrn Müller auf jeden Fall deren zusätzlichen Input berücksichtigen. Räumt man dafür zwei Tage ein, könnte Ihnen, Herr Müller, das Papier in 2 Wochen und zwei Tagen vorliegen. Wäre Ihnen das recht?«

Seine Antwort kam schnell und knapp: »Top, die Wette gilt. Ich kann die Zwischenzeit nutzen, um mich für eine entsprechende Sendung einzusetzen. Dass dies gelingt, glaube ich fest. An der Qualität Ihrer Vorlage habe ich keinen Zweifel.«

Nach einigen weiteren Höflichkeitsfloskeln löste sich die Gruppe auf.

In der zugesagten Frist war die Vorlage für Felix Müller erstellt und redigiert worden. Sie befand sich mittlerweile in seinen Händen:

Ablauf zum Mordfall Kati
Anmerkungen: Der Text zu den einzelnen Zeilen kann, je nach Entscheidung,

von einem Sprecher kommen, oder den spielenden Personen in den Mund gelegt werden.

Erste Szene:
Am Samstag, den 1. Mai 1999, einen Tag vor Muttertag, ging die 13-jährige Kathrin Meyer, genannt Kati, mit dem Nachbarhund Strolch gegen 16 Uhr ins Wittmoor spazieren. Das Moorgebiet begann direkt am Ende ihrer Wohnstraße Kakenhahner Weg in Duvenstedt. Kati versprach ihren Eltern, Paul und Roswitha Meyer, nach spätestens anderthalb Stunden wieder zu Hause zu sein.

Zweite Szene:
Kurz nach 18 Uhr rief der Nachbar Ludwig Bertram bei Meyers an. Ihr Hund Strolch war gerade ohne Kati bei ihnen angekommen. Er wollte wissen, ob Kati direkt nach Hause gegangen sei. Das war nicht der Fall. Er war sich mit Paul Meyer einig, dass irgendetwas geschehen sein musste. Sie wollten mit Freunden und Bekannten sowie mit Hilfe von Polizei und Feuerwehr deshalb im Moor nach Kati suchen. Paul Meyer gewann für dieses Vorhaben die Hilfe des Kommissars Willi Maurer, Leiter der örtlichen Polizeidienststelle. Die Suche dauerte bis in die Dunkelheit, dann brach man sie ab, beschloss aber, bei Sonnenaufgang weiterzusuchen.

Dritte Szene:
Die Suche begann wie geplant. Der Suchtrupp wurde nun durch einen Hubschrauber und Suchhunde unterstützt. Sie kam ins Stocken, als der Menschenkette ein Reiter in Begleitung eines Hundes völlig aufgelöst entgegenkam. Er hatte im Buschwerk die Leiche eines jungen Mädchens gefunden. Der Kommissar ahnte Schlimmes, er ordnete die Beendigung der Suche an und schloss sich mit vier weiteren Beamten dem Reiter an, der sie zum Fundort der Leiche brachte. Spurensicherung und Rechtsmedizin wurden angefordert. Kommissar Maurer ließ sein Mobiltelefon an, so konnte die Fundstelle von den nachfolgenden Personen geortet werden.

Vierte Szene:
Nach einem längeren Fußmarsch bog der Reiter vom Hauptweg ab und führte

die Gruppe in einen engen Buschweg. In dem hatte sein Hund Bello den Leichnam verbellt. Kati lag völlig nackt in einer Buschhöhle wie aufgebahrt. Man konnte von außen nur die bloßen Füße sehen. Als Maurer sich bückte, konnte er erkennen, dass der Mörder Kati beide Augäpfel ausgestochen hatte.

Die Spurensicherung ging ihrer üblichen Arbeit nach und entdeckte dabei, dass der zugewachsene Weg weiter bis an den Rand des Moorgebiets führte und an der Landstraße in einer kleinen Parktasche endete. Sie fanden nirgendwo Kleidungsstücke von Kati.

Die Rechtsmedizinerin stellte den Tod von Kati durch Gewalt gegen den Hals, also Mord, fest. Ihre Fötal-Lage, die Hände um den Unterleib geschlungen, ließ Sie eine Vergewaltigung vermuten. Erdanhaftungen am Bauch bestanden aus besonderen Erden, die keinesfalls vom Moorgelände waren. Auf der Rückseite der Toten klaffte eine blutige Wunde am Hinterkopf, Schürfspuren auf dem Rücken zeigten, dass sie brutal durch das Buschwerk gezogen wurde. Anhaftungen waren dort Blätter der örtlichen Büsche. Daneben sicherte man ein einzelnes braunes Fremdhaar sowie Berührungsanhaftungen. Alles wurde in Beweismitteltüten versorgt. Zusätzliche Erkenntnisse versprach die Professorin nach der Obduktion.

Fünfte Szene:
Kriminalhauptkommissar (KHK) Felix Müller wird Leiter der Mordkommission Kati. Folgende Entscheidungen werden sofort getroffen:
   Eine Belohnung für zielführende Hinweise in Höhe von 10.000 Euro wird ausgesetzt.

Eine Plakataktion und ein Aufruf mit einem Bild von Kati starten in den Medien. Auf dem Bild trägt Kati den Anorak, die Cordhose und die Gummistiefel, welche sie bei ihrem letzten Spaziergang anhatte. (Plakat vorstellen) Die Kleidungsstücke konnten noch einmal gekauft werden und wurden auf Plakaten in Einzelbildern gezeigt.

Eine Presseerklärung mit den bisherigen Kenntnissen zur Tat wird abgegeben. (Im Abbild vorstellen)

Von den Mitschülern Katis erfolgt ein Hilfsaufruf in den sozialen Netzwerken. (Link vorstellen)

Bei der Vorbereitung der Bestattung von Kati wird festgestellt, dass ein Goldkettchen mit dem Sternzeichen Waage, welches sie immer trug, während der Mordtat verloren ging. Der Täter muss es an sich genommen haben. Mit einem Vergleichsmuster des Juweliers wird auf einem Plakat danach gefahndet. (Im Abbild vorstellen)
Alle Abbildungen können für eine wiederholte Betrachtung einzeln aufgerufen werden!

Sechste Szene:
Spezialisten erläutern die Analyseergebnisse der Beweismittel und ziehen Schlüsse daraus.
Frau Professorin Elvira Rüstig:
»Die Tötungsart ist unzweifelhaft ›Gewalt gegen den Hals‹. Die vom Täter hinterlassenen Wundmale am Opfer zeigen durch ihre Ausprägung, dass sie von einem Rechtshänder stammen.

Kati wurde vergewaltigt. Spermaspuren fanden sich nicht. Der Fall Kati ist damit ein Sexualdelikt mit anschließender Tötung.

Der Täter hat die jungfräuliche Kati von hinten geschändet. Nur an ihrem Hals und auf dem Rücken fanden sich nämlich Berührungsspuren. Abwehrspuren von Kati existierten nicht. Sie muss durch den Schlag auf den Hinterkopf ruhiggestellt worden sein.

Dem Ausschälen der Augäpfel messen wir eine kultische Bedeutung zu. Schon im alten Ägypten entfernte man die Augen, damit die Seele nicht aus ihnen entfleuchen konnte.

Ein DNA-Vergleich der Fremdhaar-Anhaftung auf dem Leichnam und der DNA der Berührungsspuren während der Vergewaltigung belegt, dass der Besitzer des Haares auch der Mörder war. Die DNA-Ergebnisse waren identisch.

Aus der Analyse eines Mikroteils des Haares mittels Feststoffprobenahme resultieren verlässliche Angaben zum Alter des Täters und zu seiner Herkunft (hellhäutig, passend zur Hamburger Region, etwa 30 Jahre alt).«

Kriminalhauptkommissar (KHK) Felix Müller: »Wir haben mittlerweile folgendes Täterprofil erarbeitet:
Er geht planerisch vor; scheut keine langen Strecken und benutzt einen Pkw.
Der Rechtshänder benötigt für seine Aktivitäten überdurchschnittliche Kräfte. Ihm hat es keine Schwierigkeit verursacht, den Leichnam mit seiner Hände Kraft über längere Strecken zu transportieren. Er muss deshalb ziemlich athletisch und stark sein.
Er ist gewaltbereit, sucht sexuelle Handlungen an einem willenlosen Opfer.
Er zeigt, durch all die Qual, die er Kati zufügte, sadistische Züge und ist affin für mythische oder religiöse Gesten (Ausstechen der Augäpfel).
Er möchte nicht gefasst werden und mordet ohne Reue.
Er hat braune Haare und ist um die 30 Jahre alt.

Noch einige Feststellungen zum Profil des Tatorts, Ablageorts und Wohnorts. Die Erdanhaftungen am Vorderleib des Opfers stammen nicht aus dem Wittmoor, wo Kati abgelegt wurde. Solches Sedimentgestein ist im Hamburger Raum sehr selten, findet sich aber gehäuft in den Harburger Bergen. Dort muss der Tatort liegen. Nach eingehender Analyse der Region Harburger Berge haben wir den Wanderweg W1 in der Nähe des Parkplatzes am Ehestorfer Heuweg als Tatortbereich angenommen. Die profunden Kenntnisse des Täters über die Gegend des Tatortes legen nahe, dass sein Wohnort in der Nähe liegt (Kartenausschnitt einfügen).

Die Annahme ist berechtigt, dass der Tatort für den Mörder kein sicherer Ablageort war. Er lag möglicherweise zu nahe an seinem Wohnort mit der Folge, dass sofort in seinem direkten Umfeld gefahndet worden wäre. Eine gute Einsichtsmöglichkeit tagsüber ließ ihn außerdem ein schnelles Entdecken der Leiche befürchten. Der Mörder wollte aber, dass man sein Opfer nicht findet. Das verdeutlicht die ›Buschkathedrale‹ im Wittmoor, in der er das Mädchen eindeutig versteckte.
Ein Mörder sucht gerne einen Tatort, an dem er sich auskennt. Wie sein Verhalten zeigt, scheut er keine längeren Fahrten. Er dürfte deshalb in einem größeren Ort wohnen. Die Bewohner kleiner Orte kleben eher an ihrer Scholle. Nord-Wulmstorf liegt am Nordwestrand der Harburger

Berge, Buchholz bereits in der Nordheide. Beide Ortschaften haben über 20.000 Einwohner. Eine der beiden Städte ist vermutlich der Wohnsitz des Täters.

Die Strecke zwischen dem Ablageort Duvenstedt und dem Tatort in den Harburger Bergen beträgt in etwa 38,5 Kilometer. Sie wurde in der Tatnacht vom Täter auf einer Hin- und Rückfahrt bewältigt.

Auch wenn wir den Mörder bis heute nicht überführt haben, so machte er Fehler, die uns näher zu ihm hin führten:

Er unterschätzte, dass man über die Erdanhaftungen am Vorderleib der Toten auf einen anderen Tatort als das Wittmoor schließen konnte.

Er überschätzte die Sicherheit des Ablageorts. Der konnte schließlich durch einen Hund leicht entdeckt werden.

Er versteckte zumindest den roten Anorak der Toten, anstatt ihn zu vernichten, wie noch darzulegen sein wird.

Er nahm ein Schmuckstück an sich, was möglicherweise noch irgendwo existiert und zu ihm führen kann.«

Siebte Szene:
Mit zwei aufeinanderfolgenden Massengentests suchte man nach dem Mörder. Zunächst wurde in dem Untersuchungsgebiet ein Test aller bestraften bzw. einmal verdächtigten Sexualtäter zwischen 25 und 35 Jahren geplant und durchgeführt. Für das Untersuchungsgebiet wurde mit der sogenannten Kreishypothese der Durchschnitt des Kreises um Ablageort, Tatort und Wohnort bestimmt. Ein Sicherheitszuschlag wurde auf diesen Durchschnittswert gewählt, um Schätzfehler auszugleichen. (Karte mit dem Gebiet einblenden)

Der Test brachte kein verwertbares Ergebnis. Möglicherweise hatte es sogar einen Eingabefehler gegeben. Man beschloss, dies zu überprüfen. Das Überprüfungsergebnis steht noch aus.

Der zweite Massengentest erfasste auf der Straßenverbindung Pendler zwischen der Region des Ablageortes und dem vermuteten Tatort bzw. Wohnort über mehrere Tage. (Karte der Straßenverbindung einblenden) Auch dieser Test blieb ohne Ergebnis.

Nach diesen Überprüfungen ergaben sich keine neuen Ermittlungsansätze mehr. Nur die Lokalreporterin hielt durch eine Abfolge mehrerer Artikel die Erinnerung an Katrin Meyer wach. Der Fall Kati selbst wurde jedoch bis Ende 2009 ein Cold Case.

Achte Szene:
Es war ein sonniger Junitag im Jahr 2010. Der Forstarbeiter Thomas Zucker befand sich auf dem Weg zu seinem Arbeitsplatz im Waldgebiet der Harburger Berge. Er sollte das Fundament für einen neuen Hochsitz fertigen. Der Platz für das Fundament war im hinteren Bereich durch eine brusthohe Felsformation mit tiefen Einkerbungen geschützt. Darin fand der Forstarbeiter per Zufall einen beschädigten und stark verschlissenen Anorak. Die Jacke und besonders ihre rote Farbe erinnerten Zucker an einen Zeitungsaufruf, in dem es um die Kleidung eines ermordeten jungen Mädchens ging. Er beschloss, die Polizei zu informieren.

Die Beamten nahmen seine Meldung sehr ernst. Der Anorak wurde sichergestellt und analysiert. Bald bestand Gewissheit, dass es sich wirklich um den Anorak von Kati handelte. Das war nicht das einzige positive Ergebnis. Die von der Mordkommission vertretene Lage des Tatorts erwies sich nun als richtig. Die Lage am Wanderweg W1 nahe vom Parkplatz am Ehestorfer Heuweg bestätigte sich. Naheliegend blieb, dass der Mörder auch in der Nähe des Tatorts wohnt. Neu-Wulmstorf oder Buchholz blieben die erste Wahl. Mit diesen neuen Erkenntnissen wurde die eingeschlafene Ermittlungsarbeit wieder belebt.

Neunte Szene:
Folgende Aktivitäten laufen nun an und sollen durch die Sendung »Aktenzeichen XY ... Ungelöst« unterstützt werden.

Der Aufruf zur Mithilfe richtet sich insbesondere an Bewohner aus dem Umfeld des Tatortes und des vermuteten Wohnortes. Besonders Zeugen, die aus irgendwie gearteter Treue zu dem Täter Wissen über die Tat verschwiegen haben, werden dringend gebeten, sich nunmehr zu äußern. Sie laufen keine Gefahr mehr, durch eine Aussage wegen unterlassener Hilfeleistung oder Mitwisserschaft belangt zu werden. Die Verjährung ihres eventuellen Vergehens ist inzwischen eingetreten. Wer helfen kann, muss den Mut haben, sich zu melden.

Folgende Fragen stehen im Vordergrund. Wir appellieren an alle möglichen Zeugen:

Wurde in der Tatnacht ein verdächtiges Auto auf dem Weg zu oder von dem Tatort in den Harburger Bergen oder am Ablageort in Duvenstedt gesehen und anhand des Nummernschildes einem Bekannten zugeordnet? Vielleicht hat auch jemand einen einsamen Wagen auf einem der relevanten Parkplätze gesehen.
   Ist irgendein Nachbar in besagter Nacht erst kurz vor Tagesanbruch nach Hause zurückgekehrt und wurde dabei beobachtet?
   Kann jemand eine Aussage machen zu den noch fehlenden Kleiderteilen von Katrin Meyer?
   Gibt es eine Angabe zum Verbleib ihrer goldenen Kette?

Wir begründen die Bitte mit der Erklärung: Schenken Sie der Mutter, Frau Roswitha Meyer, endlich Ruhe und Gewissheit über das Ableben ihrer geliebten Tochter, damit sie damit endlich abschließen kann. Dem Vater Paul Meyer wurde die nicht gewährt. Er ist bereits im Jahr 2006 verstorben, ohne die erwünschte Bestrafung des Mörders mitzuerleben.

Über die E-Mail-Adresse xy@zdf.de können Sie Kontakt mit der Redaktion aufnehmen. Den Inhalt der Sendung können Sie noch ein halbes Jahr in der Mediathek abrufen. Bei Hinweisen zum Fall Kati wenden Sie sich an jede Polizeidienststelle. Die leitet Sie an die zuständige Dienststelle weiter. Am Tag der Ausstrahlung der Sendung ist zwischen 20:15 Uhr und 1:30 Uhr zusätzlich ein Studiotelefon zu den Kommissaren freigeschaltet: 089 95 01 95.

Diese Fassung fand die Billigung des Ersten Kriminalhauptkommissars. Er glaubte allerdings, dass sie von den Spezialisten in Mainz wahrscheinlich gekürzt werden würde, befürwortete aber als Vorlage eine ausführliche Version. Der hatte inzwischen Kontakt zum ZDF in Mainz aufgenommen. Dort zeigte man großes Interesse an einer solchen Sendung. Seit etwa 2008 hatte man länderübergreifend begonnen, Cold Cases wieder aufzurollen und mit neuen Methoden zu prüfen. Die deutsche Bevölkerung zeigte an der Berichterstattung darüber großes Interesse. Die spezielle Sendung »Cold Cases – Mördern auf der Spur« war inzwischen im ZDF ein Muss. Der Fall Kati passte also bestens ins Muster. Die neuen Hinweise in diesem Fall mussten schnellstmöglich aufgegriffen werden. In Mainz war man bereit, über den Fall Kati sehr schnell eine Spezialsendung zu produzieren. Felix Müller berichtete von den Vorarbeiten seiner Kommission. Die fielen auf fruchtbaren Boden. Man vereinbarte, das Mainzer Produktionsteam solle die Vorarbeiten erhalten und in eine professionelle Passform bringen. Vom EKHK wurde die Zusage abverlangt, im Dreh die Rolle des leitenden Ermittlers zu übernehmen. Dem stimmte er zu, doch er wollte dabei auf jeden Fall eindringlich von der für Mithilfe und Mitwisserschaft eingetretenen Straffreiheit sprechen. Felix Müller wollte darum bitten, dass solche Mithelfer und Mitwisser endlich ihr Schweigen zugunsten des Mörders aufgäben und sprächen.

Wenn alle in dieser Weise Hand in Hand arbeiten würden, hielt man einen Sendetermin Mitte Oktober für realistisch. Schweren Herzens stimmte Felix Müller zu, eine Befragung über die Printmedien bis dahin zurückzustellen. Für »Aktenzeichen XY … Ungelöst« gab es immerhin einen soliden Marktanteil von um die 20 Prozent am Gesamtpublikum. Die Spezialisten empfahlen dringend, denselben Zeitpunkt für die Befragungen und Berichterstattungen in allen Medien zu wählen. Der Bericht sollte auf ungeteiltes Interesse stoßen. Dieses Zugeständnis entsprach gar nicht Müllers großer Ungeduld. Er hoffte, diese Zeitspanne würde wenigstens ausreichen, um die Durchführung des Gentests der Sexualtäter auf Richtigkeit zu überprüfen. Vielleicht konnte man dann schon den Mörder beim Namen nennen.

Die Vorbereitungsarbeiten gingen den besprochenen Gang. Mitte September konnte verbindlich zugesagt werden, am 15. Oktober als Abendsendung um 20:15 Uhr den Fall Kati im Zweiten Deutschen Fernsehen unter der Headline »Cold Cases – Mördern auf der Spur« auszustrahlen.

Ein Ergebnis der Überprüfung des Gentests der Sexualtäter lag noch nicht vor. Umso wichtiger war also die Ausstrahlung der Sendung.

15. OKTOBER 2010 AUSSTRAHLUNG DER SENDUNG »COLD CASES – MÖRDERN AUF DER SPUR« UND DEREN FOLGEN

Am 15. Oktober, am frühen Abend, kam Gabi Möller von ihren Einkäufen zurück. Es war bitterkalt und sie fror erbärmlich. Gabi sehnte sich nach der Wärme ihres Hauses. Beim Öffnen der Haustür schlug ihr wohlige Wärme entgegen. Sie freute sich auf den Abend. Alfred war heute nicht zu Hause, und sie konnte das Fernsehprogramm bestimmen. Kein Sport und kein Kriminalfilm! Sie bevorzugte Dokumentarfilme und Berichte aus der realen Welt. Heute Abend wollte sie »Aktenzeichen XY ... Ungelöst« anschauen. Alfred konnte ihr nicht reinreden. Gabi wollte es sich bequem machen. Sie hatte sich etwas zum Knabbern gekauft: Majoran-Kartoffelchips und leicht gesalzene Nüsse. Eine Flasche Barolo, aus der norditalienischen Region Piemont, war bereits zum Luftnehmen geöffnet. Die Sendung konnte kommen! Sie handelte von der Ermordung eines 13-jährigen Mädchens, hatte sie der Programmzeitung entnommen. Der Fall lag schon zehn Jahre zurück und war immer noch nicht aufgeklärt. Gabi Möller fühlte starkes Mitgefühl für das schlimme Los des Kindes und nahm in ihren Gedanken Anteil an dem Kummer der Hinterbliebenen.

Die Sendung fesselte sie von Beginn an. Besonders gefiel ihr der Erste Kriminalhauptkommissar, der die vorliegenden Fakten beschrieb. »Jeder Hinweis von Ihnen kann uns entscheidend weiterbringen«, appellierte er an das Fernsehpublikum und streckte dabei sein Kinn energisch vor. Als der Beamte ins Detail ging, löste eine Information persönliches Unbehagen bei Gabi aus. In ihr wurde der Gedanke zur Gewissheit, sie und ihre Familie könnten Betroffene sein: Der Mörder hatte seinem Opfer ein Goldkettchen, mit dem Sternzeichen Waage daran, entwendet. Als es auf dem Bildschirm gezeigt wurde, wurde Gabis Atem ganz kalt, sie kannte das Kettchen. Gedanken zu diesem Schmuckstück hatten sie schon einmal gequält, aber sie hatte sie verdrängt. Nun wies der Beamte so überzeugend auf den Wert einer Aussage hin. Seine weiteren Erklärungen gaben ihr reichlich zu denken: »Wir sind darauf angewiesen, dass irgendjemand endlich sein irgendwie geartetes Wissen preisgibt«, sagte der Ermittler ins Mikrofon. Noch bedeutsamer schien ihr sein weiterer Hinweis: Er machte den Zuschauern klar, dass Mitwisserschaft nach nunmehr zehn Jahren wegen Verjährung straffrei war und ergänzte: »Wenn Sie zuschauen, bedenken Sie bitte die unerträgliche Situation für die Mutter von Kati Meyer. Sie lebt seit nunmehr zehn Jahren in Ungewissheit, wer ihrer geliebten Tochter dies angetan hat.« Die Sendung bewegte Gabi Möller so stark, dass sie die ganze Nacht nicht schlafen konnte. Es war die Hölle für sie, sich zu entscheiden. Endlich siegte die Erkenntnis, dass sie etwas tun musste, was sie schon lange verabsäumt hatte. Sie würde sich dazu am nächsten Tag mit ihrem Mann beraten. Vorsorglich warf sie noch zwei Beruhigungstabletten ein. Danach fand sie noch eine Mütze Schlaf.

Am nächsten Morgen kam es zu keiner Aussprache mit ihrem Mann. Alfred war ein Morgenmuffel, und er hasste Problemgespräche in der Frühe. Gabi musste sich also bis zum Abend gedulden. Da war Zeit genug, um wieder in Zweifel zu kommen, ob eine Aussprache wirklich das Richtige war. Der Tag verlief im Schneckentempo. Alfred kam erst nach Hause, als es schon dämmerte. Sie zögerte das Gespräch weiter hin und drückte sich in die dunkle Wohnzimmerecke, um in ihrem Schatten zu einem Nichts zu verschmelzen. Sie wollte sich zumindest sammeln, bevor sie das Gespräch begann. Immerhin war sie inzwischen wieder entschlossen dazu. Die Zeit war wirklich reif. Als er sie dort schließlich entdeckte, musste er keine Frage stellen, sie begann sofort zu sprechen: »Ich habe gestern Abend ›Aktenzeichen XY ... Ungelöst‹ gesehen und erlebte dort eine Merkwürdigkeit. Sie zeigten eine Goldkette mit einem Anhänger, auf dem das Sternzeichen Waage war, unter dem auch ich geboren wurde. Das soll der bisher unentdeckte Mörder dem kleinen Mädchen gestohlen haben, nachdem er es schändete und tötete.«

»Und was geht das dich an?«, fragte ihr Mann mit müder Stimme. »Lass mich doch ausreden, dann erfährst du das auch«, zischte sie und fuhr fort: »Kurz nachdem die Tat geschah, wollte mir mein Bruder genauso ein

Kettchen schenken. Ich habe es mit der Begründung abgelehnt, ich trüge nur Schmuck von dir und meiner Mutter. Er ließ es dabei bewenden. Aber wenige Tage später fahndete die Polizei mit einem Bild dieses Kettchens nach dem Mörder. Ich habe es in unserer Zeitung gesehen und gelesen. Ich fühlte mich nicht wohl mit meinem Wissen. Doch dann entschied er, Olaf nicht zur Rede zu stellen. Du weißt ja, wie wütend Olaf werden konnte, wenn er glaubte, man wolle ihm etwas Böses tun. Ich habe des guten Friedens willen geschwiegen und hinterher den Vorgang verdrängt. Schließlich kam nichts mehr nach.« Alfred guckte sie mit aufgerissenen Augen fassungslos an. Doch es kam kein Vorwurf aus seinem Mund, sie sah sich stattdessen in ihren Befürchtungen bestärkt. »Dann tragen wir wohl schon länger das gleiche Problem mit uns herum«, begann er. »Ich gehe davon aus, es ging um die Ermordung von Katrin Meyer.« Gabi nickte und flüsterte entsetzt: »Wieso kommst du auf diesen Fall zu sprechen?« »Weil bei mir ein Aufruf in der Zeitung die gleichen Gedanken entstehen ließ. Ich war, vielleicht erinnerst du dich, an dem Abend, an dem der Mörder zuschlug und seine Fahrten durchführte, mit Freunden in einem Gasthof beim Preisskat. Bei der Heimfahrt in der Taxe von Theo Schulte, spät in der Nacht, glaubte ich den Lieferwagen von Olaf gesehen zu haben. Ich habe die Mehrzahl der Zeichen des Nummernschilds erkannt. Sie entsprachen denen von Olafs Lieferwagen. Ich dachte noch: Was will der denn im Forst der Harburger Berge? Dort hat er doch bestimmt keine Kundschaft. Später kamen Nachfragen der Polizei in den Medien. Die ließen diesen Sachverhalt auch für mich sehr verdächtig werden. Aber auch ich wollte keinen Ärger in die Familie tragen und schwieg.«

»Das können wir jetzt nicht mehr tun. Außerdem ist Olaf tot, ihm schaden wir nicht mehr. Wir müssen mit Magda sprechen und uns als Zeugen melden.«

Magda Gutmann nahm den Vortrag der beiden völlig unbewegt hin. Die hatten sich nur gewagt, sie telefonisch zu unterrichten, weil sie ein heftiges Streitgespräch fürchteten. Aber Magda war seit dem Tod ihres Mannes nicht mehr dieselbe. Sie war irgendwie abgestumpft. Gabi und Alfred suchten noch am selben Tag das Gespräch mit der Kriminalpolizei. Sie wurden sehr zuvorkommend behandelt und erzählten bald frei von der Leber weg, was sie wussten und quälte. Der Kommissar bedankte sich für die große Hilfe. »Das wird der Durchbruch«, meinte er. Als die beiden sich verabschiedet hatten, informierte man sofort den EKHK. Der wollte den Besuch bei Magda Gutmann persönlich vornehmen. »Diesen letzten kleinen Triumph überlasst ihr mir doch sicher gerne«, meinte er dazu.

Felix Müller war auf dem Weg zu Frau Magda Gutmann in Buchholz. Er drückte den Klingelknopf neben der Haustür. Der Summer wurde begleitet von einem resoluten »Ja«. Er wurde anscheinend erwartet. Das bestätigte sehr schnell Magdas Verhalten. Mit dem Satz: »Mit Ihnen habe ich gerechnet, allerdings nicht so früh«, führte sie ihn ins Wohnzimmer und bot ihm einen Sessel an. »Nach der Kälte draußen ist ein heißer Kaffee sicher angenehm?« Müller nickte und antwortete: »Ja gern, aber mit Milch.« Kurz darauf hörte er in der Küche zweimal die Kaffeemaschine arbeiten. Mit zwei vollen Bechern kam die Hausfrau ins Wohnzimmer zurück. Der EKHK bedankte sich und meinte: »Es geht um Ihren verstorbenen Gatten.« Frau Gutmann unterbrach ihn: »Ich bin von meiner Schwägerin informiert. Wir können gleich in medias res gehen.« Dann begann sie zu sprechen. Sie redete zunächst verhalten, dann wurden ihre Ausführungen immer flüssiger: »Ich habe meinen Mann einmal wirklich geliebt. Heute kann ich ihn nur noch hassen, und mir ist klar geworden, dass nur er mir auf diese Weise so richtig weh tun konnte. Man hasst wohl den Menschen am stärksten, den man am meisten liebte, aber der einen furchtbar enttäuschte. Er hat das Bild, das ich einmal von ihm hatte, quasi mit einem Vorschlaghammer zerstört. Mir werfe ich heute vor: Ich war zu lange zu feige für die Wahrheit. Ich habe Olaf schon zu seinen Lebzeiten für den Mörder gehalten, hatte aber keinen Beweis. Ich erinnere noch genau, dass er am Tattag bis spät in der Nacht verschwunden war. Ich habe gehört, dass er den VW-Bus nahm, als er fortfuhr. Er startete und fuhr mit Karacho in die Dunkelheit.«

Der Kriminalchef räusperte sich und fragte: »Fielen denn solche langen Fahrten, und auch noch bei Nacht, oft an?«

»Ich fahre solche langen Strecken gerne und am liebsten allein. Dann fühle ich mich als mein eigener Chef und habe Zeit nachzudenken', erklärte Olaf dazu immer. Ich bin mir sicher, er hat auf einer solchen Fahrten den Mord genau geplant und später auch durchgeführt.«

Magda Gutmann hörte nicht auf zu sprechen: »Am nächsten Tag ist sein Verhalten auffällig gewesen. Olaf wirkte wie ein gehetztes Tier. Aus heutiger Betrachtung war es damals schon über die Zeit, reinen Tisch zu machen. Ich schwieg, weil ich mir nicht ganz sicher war und aus Angst vor Olafs Zornausbrüchen. Außerdem wollte ich unsere Familie nicht in Verruf bringen. Es bedurfte bei mir noch einer Art Mauser, mit der ich meinen Schutzpanzer endlich abwarf. Die letzten Aufrufe der Polizei haben meine vagen Schuldgefühle eskalieren lassen. Ich muss mich jetzt nicht mehr zwingen auszusagen und bin mir bewusst, dass ich nach meiner Aussage ein Kainszeichen trage und wirklich allein sein werde.« Ihre traurigen Augen zeigten ihre tiefe Resignation. Sie sah den Kriminalkommissar ängstlich an, konnte aber nicht erkennen, was er über sie dachte. Als er nichts sagte, fuhr sie fort, sie musste sich ihr Wissen von der Seele reden: »Olaf hat damals nicht mal angerufen, was er sonst immer tat. Meist sprach er dann von einem wichtigen Kundengespräch. Das muss natürlich nicht immer wahr gewesen sein. Aber gar nicht anrufen, gab es nie. Er war bestimmt mit etwas beschäftigt, das seine ganze Aufmerksamkeit abverlangte, vielleicht befand er sich auch in einem Funkloch an einem einsamen Ort. Auf jeden Fall war sein Verhalten ungewöhnlich, auch noch hinterher, als ich ihm dazu Fragen stellte.«

Magda Gutmann suchte nach einem Vorwurf im Gesicht des Kriminalchefs. Erleichtert entnahm sie ihm aber, dass er ihr eher wohlgesonnen schien. Er war anscheinend durch und durch ein guter Ermittler.

Der EKHK suchte nun den Beweis der Täterschaft auch noch in Papierform. Er bat Gabi Möller um eine Speichelprobe. Sie stimmte ohne Vorbehalt zu.

Nachdem diese Probe analysiert war, hatten die Ermittler den Nachweis, dass mitochondriale DNA-Merkmale des Haares vom Leib der Ermordeten und die Merkmale von Gabi Möller, ihren Bruder und sie als nahe Angehörige auswiesen. Unter Berücksichtigung der sonstigen Indizien, insbesondere der Aussagen von Magda Gutmann, galt die Täterschaft von Olaf Gutmann bereits als sicher. Höchste Sicherheit brachte die Öffnung seiner Grabstätte und einer Analyse der vorgefundenen Leichenreste. Die Angaben stimmten mit denen aus dem Fremdhaar völlig überein. Roswitha Meyer hatte ihre Gewissheit, jedoch ihr verstorbener Mann keine Vergeltung. Da Olaf Gutmann bereits 2005 verstorben war, konnte er nicht mehr zur Verantwortung gezogen werden.

Ein halbes Jahr nach der Klärung des Falles kam noch von anderer Seite eine Bestätigung. Eine Dienststelle in Hamburg hatte die Eintragung eines

Verdächtigen als Triebtäter in der Datei nicht vermerkt. Olaf Gutmann hatte als 20-Jähriger wohl schon einmal eine 15-jährige, ebenfalls blonde Jugendliche begrabscht und bedrängt. Die Angelegenheit wurde nicht gerichtsanhängig. Es stand Aussage gegen Aussage. Olaf Gutmann war bis dahin völlig unbescholten gewesen und stammte aus einem guten Haus. Wäre der Verdacht vermerkt worden, wäre einigen Menschen Leid und Kummer erspart geblieben.

Eine Untersuchung des aufgehobenen Nachlasses von Olaf Gutmann brachte zwar ein Videogerät zu Tage, nicht jedoch die befürchteten Filme von Katis Tod, für die der EKHK den Mörder verdächtigt hatte. Er behielt eben nicht in allem recht.

EPILOG

Veronika Schlüter hatte nun die erklärte Pflicht zu erfüllen, mit einer Chronik zur Mordtat die Erinnerung an die arme Kati Meyer wachzuhalten. Sie wählte den Titel: »Die schreckliche Mordtat, die Kati Meyer nur ein kurzes Leben bescherte«.

Es bestand Einvernehmen mit ihrem Chef, dass diese Erzählung in einer Sonntagsausgabe der Zeitung erscheinen sollte. Als Bilder stellten ihr die Beamten der Kripo ein Bild vom Tatort, eines vom Ablageort und eines von der Grabstätte zur Verfügung. Ein Bild von Kati, dem Goldkettchen und den Kleidungsstücken hatte sie von ihren bisherigen Veröffentlichungen.

Veronika Schlüter wollte, ganz ihrem Naturell entsprechend, die Geschichte keinesfalls reißerisch aufmachen. Sie gedachte sie sachlich und wahrheitsgetreu zu erzählen. Ihr großes Mitgefühl an diesem Schicksal sollte deutlich durchklingen. Für sie würde Katis trauriges Schicksal auf jeden Fall unvergesslich bleiben. Am Text arbeitete sie lange und akribisch. Immer wieder fielen ihr noch Änderungen und Ergänzungen ein. Als der Artikel fertig war, war er wirklich gelungen.

Veronika Schlüter interviewte EKHK Müller auch noch zu dem späten Fahndungserfolg. Der zeigte sich erleichtert, schließlich hatte er vor seinem Ruhestand seinen letzten noch offenen Fall zu einem glücklichen Ende gebracht. Er schloss seine Ausführungen mit den Worten: »Wenn ein Fall, trotz aller Bemühungen, kalt wird, verspürt man fortwährende Unzufriedenheit. Schon wieder hatte es nicht geklappt!

Umso erleichterter bin ich nun über unseren Erfolg, wenn wir auch so viele Jahre dafür brauchten.«

Mit dieser gesicherten Erkenntnis fand wenigstens Roswitha Meyer ein wenig Ruhe. Als Dank für sein unermüdliches Engagement schenkte sie Felix Müller zur Erinnerung das Ölbild vom Wittmoor. Für sie war es sowieso ein

Tort, es täglich zu sehen. Oftmals ging sie nun ans Grab ihres verstorbenen Gatten und erzählte ihm ins Grab hinein, was sie nun wusste. Sie hatte das Gefühl, er könne sie hören und mit ihr Genugtuung empfinden. Ihre Erklärungen für die neu gewonnene Ruhe sprach sie oft aus: »Ich wollte den Täter niemals im Gefängnis wissen, ich wollte nur Klarheit über das Schicksal meines Kindes.«

Felix Müller zeigte keine Zeichen von Job-Müdigkeit. Aber er musste den verbindlichen Regeln der Pensionierung Folge leisten. Als Pensionist blieb er trotzdem seinem geliebten Berufsbild verbunden und hielt noch so manchen Vortrag, in dem er seine aktiven Kollegen bat, Geduld und Ausdauer bei ihren Ermittlungen zu zeigen. Der Mordfall Kati Meyer war der beste Beweis dafür. Mit dem Satz: »Manchmal fehlt nur ein einziges Puzzlestück, um den Fall auch nach langer Zeit noch zu lösen«, machte er seinen Zuhörern Mut. »Unseren Einsatzkräften gebührt großer Dank. Nur allzu oft müssen sie sich auf ganz dünnem Eis bewegen.«

Dr. Wilfried Schnabel, der amtierende Polizeipräsident, honorierte Müllers ehrenamtliches Wirken mit einer hohen Auszeichnung des Hamburger Senats.

Müller hatte, wie meist bei solchen Anlässen, seine Uhr einige Minuten vorgestellt. Das war hilfreich, wenn er unbedingt vermeiden wollte, zu spät zu kommen.

PERSONENVERZEICHNIS

Bello, Hund von Dieter Heinemann

Bertram, Ludwig, Ehefrau Thea, Sohn Max, Nachbarn der Familie Meyer

Felten, Ernst, Kriminalkommissar, Mitglied der Mordkommission Kati

Grünberg, Sonja, Schulfreundin von Kati Meyer

Gutmann, Olaf und Magda, Ehepaar aus Buchholz

Hamacher, Wolfgang, evangelisch-lutherischer Pfarrer der Cantate-Kirche in Duvenstedt

Härting, Ludwig, Kriminalhauptmeister, Mitglied der Mordkommission Kati

Heinemann, Dieter, Hobbyreiter

Keller, Rudolf, Gerichtspsychiater

Kordt, Dustin, Kriminalkommissar, Ermittler, Mitglied der Mordkommission Kati

Lichtwark, Paul, Hamburger Maler (real)

Lustig, Justus, Profiler und Fallanalyse-Experte

Maurer, Willi, Kommissar, Leiter der Polizeistation Duvenstedt

Meyer, Paul, Ehefrau Roswitha, Eltern von Katrin

Mittag, Holger, Kriminalhauptkommissar, zunächst vorgesehener Leiter der Mordkommission Kati

Möller, Alfred und Ehefrau Gabi, gleichzeitig Schwester von Olaf Gutmann

Müller, Felix, Kriminalhauptkommissar, Leiter der Mordkommission Kati, später Beförderung zum Ersten Kriminalhauptkommissar

Reuter, Max, Staatsanwalt

Rüstig, Professorin, Dr. Elvira, Ärztin des Instituts für Rechtsmedizin im Universitätskrankenhaus Eppendorf (UKE)

Schlüter, Veronika, Reporterin der örtlichen Zeitung Duvenstedt

Schnabel, Dr. Wilfried, amtierender Polizeipräsident der Hansestadt Hamburg (fiktiv)

Schüler in Medienkurs des Gymnasiums Ohlstedt

Schulte, Theo, Taxifahrer aus Neu-Wulmstorf

Schuster, Fritz, Kriminalobermeister, Mitglied der Mordkommission Kati

Strolch, der Hund der Familie Bertram

Wolferman, Helmar, Bestattungsunternehmer in Duvenstedt

Zucker, Thomas, Forstarbeiter

LITERATURVERZEICHNIS

Akte Südwest: Der Killer aus der Vorstandsetage, der Cold Case von Sindelfingen (digital)

Brey, Michelle, Vermisstenfall Rebecca: Experte erklärt vier Schlüsselmomente – und »eklatanten Fehler« der Polizei, HNA erstellt am 23.4.2023 (digital)

Brodie, Rebecca, Haarelemente unterscheiden ethnische Zugehörigkeit und Geschlecht, 14.5.2014 (digital)

Cold Case Adem Bozkurt, einer der mysteriösesten Fälle Deutschlands, YouTube

Cold Case, Ich will den Täter endlich finden, YouTube

Cold Case, Mördern auf der Spur, ZDFinfo (digital)

Cold Case, Mord an Nicole Schalla könnte vor der Aufklärung stehen, YouTube

Cold Case, Kein Opfer ist je vergessen, Serienjunkies (digital)

Cold Case, Yasmin Stieler wurde ermordet und zerstückelt, Bild (digital)

Der Cold-Case-Experte, Die Ratgeber, hrfernsehen (digital)

Duvenstedt: Wissens- und Sehenswertes (digital)

Ermittler! Unheilvolle Begegnung, ZDFinfo Doku (digital)

Ev.-Luth. Kirchengemeinde Duvenstedt (digital)

Fahndung nach Serien-Vergewaltiger: Gentest ohne Erfolg, Merkur.de, 24.3.2010

Friedhof Alt-Duvenstedt.jpg, Wikimedia Commons (digital)

Hautermans, Leah, Leiche von vermisster Niederländerin in NRW gefunden, Rheinische Post, 24.5.2023 (digital)

Heil, Christiane, Zu wissen, dass ihr Mörder nicht weiter töten kann, hilft abzuschließen, Frankfurter Allgemeine, aktualisiert am 25.5.2023 (digital)

Heine, Josephine, Retrospektive Analyse körperlicher Untersuchungen nach überlebter komprimierender Gewalteinwirkung gegen den Hals (2004 bis 2008),

Dissertation an der medizinischen Hochschule Hannover, 2004 (digital)

Hoffmann, Jens, Musolff, Cornelia, Fallanalyse und Täterprofil,

BKA-Forschungsreihe, Band 52 (digital)

Informationen zum Mordfall Claudia Ruf 1996, Polizei Nordrhein-Westfalen Bonn (digital)

Interpol sucht nach Hinweisen zur Aufklärung von Cold-Case-Morden an Frauen und Mädchen, RFI, 10.5.2023 (digital)

Jugendliche 1991 ermordet – DNA-Massentest »gut angelaufen«, Merkur.de

Kastenholz, Klaus und Bernd Reufels, Mörderische Wahrheit, Wenn Täter unerkannt bleiben, ZDFzeit, 25.4.2023 (digital)

Kröll, Jessica, Ronny Rieken, Der Mädchenmörder, der durch einen Massengentest überführt wurde, Nordwest-Zeitung, 9.4.2022 (digital)

Lambernd, Jochen, Wie ein Massen-Gentest zu Christinas Mörder führte, Hallo Niedersachsen (digital)

Larsen, Karin, Neue DNA-Analyse hilft bei der Aufklärung 11 Jahre alter grenzüberschreitender Cold Cases, CBC-Nachrichten, 30.11.2020 (digital)

Mörderjagd, ZDFinfo Doku (digital)

Mördern auf der Spur: Cold Cases, ZDFinfo Doku (digital)

Mördern auf der Spur: Leiche gesucht, ZDFinfo Doku (digital)

Mördern auf der Spur: Serientäter, ZDFinfo Doku (digital)

Mordfall Sabine Steffen lösen, der Cold Case Experte/Ratgeber (digital)

Mord nach WM-Finale, Ermittler rollen Cold Case aus Hessen neu auf, T-Online, aktualisiert am 17.4.2023

Mord von Sonja Engelbrecht erneut bei »Aktenzeichen XY«, T-Online, 28.3.2023

Pesch, Marc, Neuer DNA-Test im Fall Claudia Ruf, Neuss Grevenbroich Zeitung, 13.4.2023 (digital)

Platz, Sarah, Was DNA kann – und was nicht, »Plötzlich hatten wir einen Tatverdächtigen«, ntv, 10.4.2023

Schröder, Daniel, Durchbruch nach fast 30 Jahren: Maria ist die Tote aus dem Möhnesee, Soester-Anzeiger, 25.5.2023 (digital)

Seta, Sueshige, Hajime Sato, Buntaro Miyake, Forensische Haaruntersuchung, Teil der Buchreihe Forensic Science Progress (FORENSIC, Band 2) (digital)

Stinauer, Tim, Mordkommission fahndet mit Plakaten nach Täter, 23-Jähriger war im März in Stammheim erstochen worden – Dringender Aufruf an Zeugen, Kölner Stadtanzeiger, 15./16.4.2023

Stinauer, Tim, 403 Fälle werden neu aufgerollt, Aufklärung ungelöster Verbrechen in NRW mit der Hilfe pensionierter Ermittler, Kölner Stadtanzeiger, 3.5.2023

Thema bei »Aktenzeichen XY ... Ungelöst« Dutzende Hinweise 40 Jahre nach Verschwinden von Frau, T-Online, aktualisiert am 13.4.2023 (digital)

Unterstützung der Polizei, zdf.de Aktenzeichen XY ... Ungelöst (digital)

Vorhersage des menschlichen Alters durch Erkennung des DNA-Methylierungsstatus im Haar, National Library of Medicine (digital)

Wikipedia, Aktenzeichen XY ... Ungelöst

Wikipedia, Bundesstraße 75

Wikipedia, Cold-Case-Ermittlungen

Wikipedia, DNA-Reihenuntersuchung

Wikipedia, Fossil

Wikipedia, Gordischer Knoten

Wikipedia, Hamburg-Duvenstedt

Wikipedia, Mordfall Carmen Kampa

Wikipedia, Omegalage

Milton Keynes UK
Ingram Content Group UK Ltd.
UKHW011941030324
438754UK00004B/205